奔跑吧！復仇少女

ラメルノエリキサ
渡邊優
高詹燦——譯

0

有人說，報仇是無益之舉。

但這「有人說」並不是指某個具體人物直接對我這麼說，是像書本或電影裡曾經這麼寫過。

例如某人所珍惜的人遭殺害，因而想展開復仇，這時有人對他說「就算你這麼做，已死的人也不會高興」。或是某人被自己所看重的人背叛，因而想展開復仇，這時有人對他說「你自己得到幸福，才是最好的復仇方式」。

從小我就無法認同這種反復仇的論調，看見復仇者在這種偏離主軸的說服下放聲大哭，總會隱隱覺得反感。

對我來說，復仇始終都是為了自己而做。為了讓自己感到暢快。而我認為追求暢快，是人活在世上所不可或缺的要事。堆積的沉澱物要沖洗，抹在身上的泥巴要清除，歪斜的主軸要伸直。倘若一直沒能得到暢快，人將會變得愈來愈沉重、骯髒、癱軟，我可不想淪落成那樣。因為喜歡自己，所以為了寶貴的自己，我希望自己永遠都能保持心情暢快。復仇不是為了別人，而是為了寶貴的自己。

從小我就對復仇抱持這樣的印象，所以我六歲那年將一名七歲女孩的手臂折斷，其實也不是為了咪娜。

咪哪是隻四歲的公貓。明明是公的卻叫咪娜。畢竟牠是貓，這也是沒辦法的事。

我、大我兩歲的姊姊、我完美的媽媽，以及平凡的爸爸，都對咪娜百般疼愛，牠於是長成一隻愛撒嬌、會與人親近的完美寵物。「當初在庭院角落撿到喵喵叫的咪娜時，本以為牠是隻灰貓，沒想到現在毛色這麼白。」完美的媽媽將完美的貓放在膝上輕撫的光景，真是完美。

而固定到我完美的媽媽開設的鋼琴教室上課的，就是那個臭小鬼。

要折斷咪娜的腳肯定易如反掌。因為咪娜就像狗一樣，會挨向任何人身邊，要求人們撫摸牠。據親眼目擊的姊姊描述，那個臭小鬼當時坐在鋼琴椅上，把咪娜抱在膝上，讓咪娜的右前掌擺在鍵盤上，然後故意蓋下琴蓋。我那完美的媽媽聽見姊姊放聲哭喊的聲音後，朝鋼琴教室趕來，只見咪娜雪白的身軀，因右腳的嚴重出血而染紅。骨折經過一個月才完全痊癒。可憐的咪娜儘管傷勢痊癒，日後卻變得很怕人，除了我們家人外，一概不敢接近外人。我不懂那個臭小鬼為什麼要那樣對待咪娜。七歲的女孩抓住一隻溫馴的貓，將牠的腳折斷，仔細想想，這或許有點異常。是孩子特有的殘酷天性剛好施加在咪娜身上嗎？還是她內心帶有黑暗面？

儘管可愛的咪娜腳被折斷，但我那完美的媽媽卻以完美的慈悲心原諒了她，並為她的心理狀態感到擔憂。將她扭送警局，如果她不肯，就殺了她──母親完全無視於我的意見，就只是以平靜的語氣開導那臭小鬼，而且沒向那臭小鬼的父母索求醫藥費，而是建議他們帶孩子向醫師做心理諮詢，最後甚至還說「如果妳不排斥的話，今後還是可以繼續到這裡學鋼琴哦」，對那個臭小鬼無比寬容。

完美的媽媽。我最愛媽媽了。媽媽比任何人都還要漂亮、溫柔。的確，一個七歲女孩所犯的罪，或許就該這樣得到寬恕。關懷重於定罪，這或許才是大人正確的因應之道。

當然了，我那完美的媽媽也沒忘了要關懷我們這對因咪娜的傷而難過的姊妹。她溫柔地安慰我們，訴說這世上種種的不幸與不合理，但還是教導我們要懂得原諒他人的可貴。

我認為媽媽說的沒錯。我年幼的心靈，只覺得媽媽真是位了不起的大人，心中無比佩服。但當時我只是個年僅六歲的小女孩。不管那位年紀比我大的臭小鬼有怎樣的精神問題，我都感覺不到一絲的同情和憐憫。

雖然媽媽很完美，做法也很正確，但與我的感受有點出入。

咪娜是我家的貓，同時也是我的貓。今天我的貓受害，就如同我受害一樣。此刻我處於受害狀態。就像咪娜要療傷，我也得療傷才行。就是這樣的想法，開啟了我的復仇開關。

在媽媽的許可下，那臭小鬼再次大搖大擺地到鋼琴教室上課，這對我來說是大好機會。我想殺了那個臭小鬼。

而最先發現的人，是我姊姊。姊姊個性文靜，但對於人心的微妙變化頗為敏感。她沒將我的復仇計畫告訴大人。因為她知道，告密者也會淪為我的復仇對象。不管是不是親人，我一概不輕饒。姊姊與我年紀相近，而且我們感情融洽，因為這樣的立場，她常遭受我的報復。例如她搶我布丁，我便在她的蛋糕裡放蟲子報復，她剪斷我娃娃的頭髮，我便切斷她娃娃的四肢報復，她踢我一腳，我便賞她的臉一拳報復，有一次姊姊的乳牙還被我打斷。

當時姊姊明白我有仇必報的傾向，一直都小心翼翼，避免惹惱我。所以姊姊並未強行阻止我，不過她倒是給了我一個建議。

「里奈，妳知道漢摩拉比法典嗎？」

不知道，那什麼啊——我側著頭不解，姊姊接著說：

「告訴妳，在古老的法律中，有這麼一套法典。當中有一段文字非常有名，那就是『以眼還眼，以牙還牙』。意思是，別人如果惹我，我就要報仇。雖然很容易被誤解成野蠻的含義，但其實它不是這個意思，它要說的是，就算別人惹我，我要報仇，也要懂得分寸。像被人戳瞎眼睛，就把對方的頭砍下；被人打斷牙齒，就把對方脖子扭斷，這樣是不行的。我認為妳有時候做得太過火。」

姊姊用和媽媽一樣的平靜口吻開導我。

「妳聽我說，詩織她雖然折斷咪娜的腳，但她並沒有殺了咪娜。所以妳如果殺了詩織報仇，會不會做得太過火呢？姊姊認為，只要折斷她的手就夠了。」

姊姊真聰明。當時她才八歲，竟然就已經知道漢摩拉比法典？我一直都將姊姊視為長輩，對她懷有一份敬意。所以這時候我一聽她這麼說，馬上率真地心想，原來也有這樣的想法啊。但有件事我還是想不透。

「妳說不能做得太過火，這個我懂。但詩織把無辜的咪娜腳折斷耶。而且我為了咪娜腳被折斷的事好難過。大家也都很難過。我們明明沒做壞事，卻被迫得感到難過。要是把咪娜的無辜以及大家的悲傷全部算在一塊，光是折斷詩織一隻手實在不夠。」

「嗯，那如果兩隻手都折斷呢？總之，不能殺了她。」

「好！」

姊姊明白我的意思，我最喜歡她了。

其實我擬定的復仇計畫很簡單，就是將詩織這個臭小鬼從鋼琴教室所在的二樓推下樓梯，至於會折斷一隻手還是兩隻手，我實在無法對傷害做精密計算。結果詩識左臂骨折，額頭劃破，血流不止，我看了之後才嚥下這口氣，從先前不合理的扭曲中解放開來。心情暢快多了。

我清楚記得當時做完後心情暢快，但之後的發展就記不得了。我並沒有受到任何訓斥。整起事件被當作意外處理。這是孩童從樓梯跌落的常見意外。因為我是從後面推了詩織一把，她可能也沒發現是我下的手。

但坦白說，我連動手推落詩織的記憶都很模糊。如今腦中回想的那個動手推她後背的畫面，幾乎都是我自己描繪想像所拼湊而成，實際上我是如何將她推落，我早忘了。六歲小孩的記憶就是這樣。我現在已經十六歲，那已經是十年前的事。我只記得復仇成功時的快感、成就感、安心感。對我來說，復仇只看結果。從我懂事前就開始的小復仇，然後是這個人生第一次比較大型的復仇開始，直到今天，我已經進行了大大小小各種復仇。我不可能把每一次的復仇都記得清清楚楚。重要的是結果。當我所重視的自己受害時，把每一筆帳都算清楚了的那個結果。

姊姊替我取了「復仇之子」這樣的綽號。我很喜歡。我不會被不合理的事扭曲，一直都過得很快意。

這樣的我，前些日子走夜路時，被人從背後捅了一刀。

1

那是六月時的事情。時間是晚上八點左右。在我結束一個月一次的學校委員會，獨自返家時發生的。

我藉著路燈和沿途住家的燈光，走在陰暗的住宅區。從公車站牌走到我家，只要短短五分鐘路程。

我聽著音樂。用的是老舊的隨身聽。裡頭有各種不同領域的歌曲，將16GB的容量塞得滿滿的。

只要是音樂，我什麼都聽，完全不挑。只要是流行樂或搖滾，不分國內外，從排行榜上的名曲到獨立音樂，我全部都聽；只要是偶像，從擁有數十萬粉絲的大型團體，到只有網路上才找得到音樂，剛出道的地下偶像，我都照單全收。像金屬樂、RAP、視覺系，我都是從地方上的唱片行推薦區擺的CD，或是喜歡視覺系的朋友推薦的CD裡隨便挑；如果是古典音樂，我不分時代、樂派、作曲家、演奏者、樂器，一律以CD便宜為由，大量購買。

這並不表示我對每個領域都具有詳細的專業知識。我無樂不愛，而且我沒有過人的聽力，所以沒有特別的好惡，也沒有對音樂的堅持，能盡情聽我喜歡的音樂。我喜歡將這些曲子雜亂無章地塞進隨身聽裡，然後對所有曲目採隨機播放模式。我從電腦裡收藏的七萬首曲子中，精選出四千首曲子，將隨身聽那薄薄的基板塞到極限。所有曲目隨機播放，是從中亂數選出曲子陸續播放的一種模式，那天我坐在公車裡，在聽完巴布馬利的〈女人別哭〉後，接著是龍貓原聲帶裡的〈風之通道〉，而繼德布西的〈月光〉之後，是AKB48劇場公演曲的〈心型病毒〉。

下公車時，正好開始播放下一首曲子的前奏。是低沉的小提琴樂音。由於音量不夠，我略微提高了音量。小提琴聲開始重疊。我明白這是韋瓦第〈四季〉裡的〈冬〉。是某個室內樂團的公開錄音集。

用耳機聽古典樂很不容易，因為聲音的強弱落差很大。我配合中弱的音量將聲音放大後，突然一個中強，令我震耳欲聾。我怕因此重聽，注意力全放在音量調整鈕上，想找到一個可以聽得舒服的適合音量，邊走邊聽。

走夜路時不應該邊走邊聽耳機。

我完美的媽媽曾對我這樣說過。似乎有統計數字指出，如果邊走路邊聽耳機，或是玩手機，很容易遇上色狼或搶匪。因為對周遭的注意力會變得散漫。媽媽很替我擔心。

媽，我知道。

我對溫柔的媽媽如此回答，但我一點都不想停止這種走夜路時享受音樂的生活。

如果因為害怕色狼或搶匪，而忍耐不聽音樂，那就是被色狼或搶匪剝奪了聽音樂的快樂時間。這就如同是沒遇上色狼或搶匪，卻因為他們而受害一樣。

我深信自己的想法是對的，但我可不想對媽媽說這樣的論調。我是對的，但媽媽也一直都是對的。而比較符合現實的一方，向來也都是媽媽。

里奈，妳的理想太高了——姊姊曾對我這樣說過。我自己也知道，所以媽媽說的話，我都點頭稱是。我喜歡完美的媽媽，不希望媽媽當我是個笨女兒。而背地裡，我若無其事地背叛母親那溫柔的心靈。對於我心目中認為是正確的事，我堅持不肯讓步，而且我喜歡背叛媽媽。這大概是暫時性的叛逆期。不過，打從我懂事的時候就已開始，所以我覺得這時間似乎有點長。

小提琴正進入一開始的主題，我逐漸調高音量。在〈四季〉中，我最喜歡〈冬〉的曲目。我不懂作曲者要表達的含義，不過它樂聲激昂，相當帥氣。樂音變得愈來愈戲劇性，主題一再反覆。接著慢慢淡出，只剩下柔和的旋律。

緊接著造訪的是寂靜。在索尼隨身聽專用耳機的除噪功能下，我聽到逼近我背後的腳步聲。

2

我後背右側遭受一陣強烈的衝擊。我掛在右肩的書包滑落，兩耳的耳機也順勢脫落。

有人撞了我。在我體認此事的瞬間，氣血直衝腦門。

不可原諒。

我的個性實在很火爆。

我轉過來，瞪向那撞我的人影，同時手上使力，想握住快要掉落的書包。這時，我右腰處一陣刺痛。

我滿是怒火的腦袋，這時吃驚和混亂交錯。

為什麼那個地方會突然發疼？

那是過去不曾感覺過的疼痛。不知該說是鮮明還是閃亮，而且既強烈又快速。如果以顏色來比喻，就像豔粉紅色。總之，感覺就像火光。

我轉頭想確認疼痛的部位時，那人影猛然將他埋在頭套裡的臉湊向我，低語道：

「@＊$%&＊@%$%&＊@，%＊。」

這突如其來的一句話，我一時無法意會，瞬間凍結。

那人影完全不看我的反應，一說完話馬上轉身就跑。我頓時明白他想逃。

我馬上跨出一步，想追向前去，但右腰的疼痛阻止了我。好痛，痛死我了。剛才因驚訝而跑遠的憤怒又回來了。

那人影逐漸遠去，混進黑暗中，化為一個小點。但我疼痛不已，無法追向前去，讓他給逃了。

「我一定會宰了你！」

我從丹田縱聲吶喊。那名已看不見背影的人，一定也聽到了我的叫喊。雖然現在無法追向前去，但我一定要向他傳達我的憤怒。

因為叫喊的緣故，腰部又更加疼痛了。我無法站立，一屁股跌坐地上。平滑的柏油路直接碰觸大腿，感覺好冰冷。至於我的腰部則是開始變熱猶如火燒，形成強烈對比。熱的中心是疼痛。如果以顏色來形容此刻的痛楚，那就非胭脂紅莫屬。

我惴惴不安地伸手摸向痛處。隔著白襯衫輕輕觸碰，傳來一股溼答答的觸感。

啊，果然。我早就隱約有這種感覺。

我將沾溼的手抬至眼前，發現手指上沾滿了胭脂紅的顏色。我流血了。當我明白此事的同時，也發現自己開始飄散出血的氣味。那是不容輕忽的大量失血。

我將掉地上的書包拖過來，找尋裡頭的手機。纏在我手上的隨身聽按鈕不小心按到，螢幕發出亮光。〈冬〉的演奏似乎仍在持續。我不予理會，從外側口袋中取出手機。光是這樣的動作，我便喘息不止。因疼痛的關係，我連呼吸都有困難，心臟也噗通噗通直跳。是出血的緣故嗎？更重要的是，我現在陷入恐慌。

我以顫抖的手打開通訊錄，選了媽媽的電話號碼。接著就在我即將按下通話時，我停住手指的動作。

也許會挨媽媽罵。

對於這率先浮現腦中的想法，我大為震驚，心情跌落谷底。我心中仍有很孩子氣的一部分。我很希望自己不會有這個念頭。挨媽媽罵？會出現這樣的念頭，本身就是很丟臉的一件事。我已不是小孩了。

雖然這麼想，但我還是將浮現媽媽電話號碼的畫面關閉，按下緊急通報鈕。已是大人的我，想到我可以自己叫救護車。

一打就通的電話另一端，傳來女人的聲音。

請問要通報火警還是救護？

我的記憶只到這裡。

3

睜開眼後，看到狹小的天花板，接著是淡米色的窗簾。將我團團包圍，壓迫我視野的這些景象，承受來自外頭的亮光，看起來就像微微在發光。我感到迷迷糊糊，腦中隱隱作疼。

「里奈？」

我移動目光，看見完美的媽媽那完美的臉蛋上，帶著些許緊張之色，正俯視著我。

「妳清醒啦？不要緊吧？」

我本想回一聲「嗯」，但從喉嚨發出的，卻是沙啞的低吼聲。這聲音不該讓完美的媽媽聽見。我微微點頭。

「真的嗎？啊，太好了。里奈，妳現在人在醫院裡。已經沒事了，妳放心吧！」

媽媽對我露出溫柔的微笑，輕輕將手擱在我額頭上。那手既不溫熱，也不冰冷。我也回以一笑。感覺臉部肌肉比平時還要僵硬。

「要喝水嗎？啊，沒關係，妳還可以再睡一會兒。」

見我眼皮快要闔上，媽媽如此說道。

我闔上眼，關閉外頭的世界。額頭上那隻手真礙事。把手移開，臭老太婆。可能是我的念力傳達到了，媽媽旋即把手縮回。好，我就這樣裝睡吧。

此時的我很冷靜。

在醫院裡醒來，就情況來看，實在很不可思議，但我卻出奇地冷靜。或許是拜麻醉之賜。身體離我很遙遠，這種不自然的感覺說明了強力止痛劑的存在。也或許是因為一醒來就看到媽媽的緣故。看到我最喜歡的媽媽。

不管怎樣，我的記憶很明確，我也很清楚自己人在醫院的原因。

我被人刺傷。之所以被麻醉，一定是因為動手術的緣故。不知道縫了幾針。會不會有後遺症呢……

不安在我心中抬頭後，憤怒的情感旋即以凌駕其上的速度湧現。

有人傷了我。我被迫嘗到疼痛與恐懼的滋味，還有它帶來的不悅與不安。

還有……可惡！真是糟透了！竟然讓媽媽感到心煩。

媽媽從幾年前起，在大學的研究室裡擔任秘書。今天到底是星期幾呢？媽媽是請假來這裡嗎？還是被我占用了她美好的假日呢？可憐的媽媽。剛才她臉上的笑臉，只有一絲不自然。因為媽媽現在方寸大亂。

這當然是必須復仇的案件。我靜靜地顫抖著，心想，這或許是截至目前為止最大的一起案件。

姊，我終於要涉入殺人案了。姊，妳怎麼看？

「里奈？」

媽媽輕聲喚道。因為憤怒和激動的緣故，我裝睡的事似乎穿幫了。我睜開眼。媽媽那美麗的臉龐就在我身旁。國中時，媽媽那女神般的美令我感到自卑，我因此轉而欺負爸爸。因為我長得像爸爸。

「妳放心，什麼也不用擔心。媽媽會一直陪在妳身邊。」

我狂亂的內心因為這句話而莫名平靜下來，我的額頭深切感受到媽媽再次伸出的手，在麻醉帶來的睏意中放鬆心情。

在我失去意識前，最後聽到的那句話浮現我腦海。

那句話到底是什麼呢？

是誰對我說的？

「這都是為了拉梅爾諾艾利基沙，抱歉。」

我作了各式各樣的夢。因為睡得淺，我多次醒來，陪在一旁的人有時是姊姊，有時是爸爸，就連住隔壁縣的奶奶也大老遠跑來探望我。感覺好像上個月剛分手的男友也來了，但那是我自己作夢。家屬以外的人，似乎還不能探視。

聽說腰部的傷一共縫了九針。關於我的傷，媽媽不想多談。媽媽不喜歡談受傷的話題，這也是理所當然。對完美的媽媽來說，「受傷」就像是未知世界裡虛構出的不幸一樣。所以我揪住從大學趕回來看我的姊姊，強迫她告訴我詳情。我的傷口長十公分，深兩公分。我一直以為自己是被刺傷，但正確來說，是被砍傷才對。所幸重要的神經和血管都沒受傷，我才得以鬆了口氣，在那陣陣刺痛的感覺下怒火高漲。

我醒來幾次，吃了幾餐，醒了又睡，睡了又醒，不分晝夜。這時，一名刑警來到我的病房。已習慣這種散漫生活的我，急忙整理門面。

可能是對傷患有所顧慮，就只有一名刑警進入病房。是一位頂著黑摩卡色的頭髮，髮長及肩切齊的女警，年約三十左右，頗有姿色，這令我嫌棄起自己的素顏。她坐在病床旁的鐵椅，導致今天來探望我的媽媽只能站在床尾。

「幸會。您尚未康復，卻還來打擾，真是抱歉。我是負責這次案件的刑警，名叫久世美咲。」

這位姓久世的刑警，對我露出制式化的笑臉，伸出右手。可以看見她修整得很漂亮的指甲。在狀況不佳的時候，很不想面對這種人。我與她握手，回以一笑。

「請多指教，敝姓小峰。」

雖然眼下的氣氛讓人覺得不舒服，但我不想被當作是個正值青春期的叛逆小鬼。而且對方是刑警，我還是老老實實裝出順從的模樣比較好。她看起來比較喜歡這樣的小鬼。

「我有幾個問題想請教您。如果您覺得不舒服，隨時都可以跟我說。首先是……」

我只想復仇。

醫院替我療傷。

警察替我追查犯人。

但能復仇的人，就只有我。

能讓我感到暢快的，就只有我。

刑警問了我許多問題，大多是我早料到的制式化提問。我大多如實以告。

犯人是我不認識的人。應該吧。身高比我高，穿著一身灰衣。長相……沒看到。戴著頭套，而且當時光線昏暗，更重要的是，我當時嚇了一大跳……對方的聲音？他的聲音……

沒聽到。犯人什麼也沒說。

因為我想自己復仇。

4

我在醫院住了六天，在家中靜養了三天。

媽媽勸我再多休息幾天，但我不予理會，我腰部縫了九針的線還沒拆，我便決定要回學校上課。因為我不想在生活上落後別人一大截。

重新開始上學的前一晚，我一面收拾書包，一面在自己房間聽音樂。當曲目切換成莫札特的〈夜后的詠嘆調〉時，傳來敲門聲。

「里奈，可以打擾妳一下嗎？」

是媽媽的聲音。我暫停音樂，因為媽媽只聽鋼琴曲。

「請進。」

媽媽靜靜地走進來，因為剛洗好澡，頭髮還微溼。她的臉蛋當然美，不過她刻意擠出含蓄的微笑時，那模樣一樣很美。

媽媽自女子大學的音樂科畢業後，旋即與爸爸結婚，兩年後生下姊姊。所以她現在已四十多歲，不過對女神來說，年齡似乎沒什麼意義。媽媽那看不出毛細孔和暗沉的肌膚，只有幾道性感的皺紋，就像是經過精密計算後畫出來的。

媽媽以她細長的白皙手指，將自然鬈的及肩長髮撥向耳後。

媽媽與爸爸結婚後，向一位有名的老師拜師，想成為一位專業的鋼琴家。後來在懷孕的情況下，放棄了夢想。我小學低年級時，曾聽媽媽說過這件事。

「因為我沒有才能。」

媽媽莞爾一笑。

我更小的時候，媽媽常念繪本給我和姊姊聽。書中常會出現公主。我總是將媽媽想作是美麗、善良、聖潔的公主。不是比喻，而是真的誤以為真。換句話說，我一直以為這些故事是根據媽媽的生活點滴所寫成的紀實故事，媽媽是向我們說她自己以前的故事。有時被後母虐待，有時差點遭魔女殺害，媽媽的人生當真是風波不斷。「才不是這樣呢！」當姊姊告訴我真相時，我重重打了姊姊一巴掌，不是為了復仇，而是拿她出氣。因為我大受震撼。在我心目中，媽媽是絕對的女主角。結果當然是姊姊展開反擊，我們大打出手。

「里奈，妳的身體狀況如何？」

媽媽在我的書桌坐下，仔細端詳著我，如此問道。

「再好不過。」

就算傷口噴血，我還是會這麼回答。

「是嗎，那就好。不過里奈，我跟妳說……」

媽媽將我的回答當作耳邊風。

「妳想不想接受心理諮詢？」

「咦？」

「里奈，這次的事讓妳留下很恐怖的經驗。當然了，妳是個很堅強的孩子，所以我明白妳會堅持說自己沒事，不過像這種情況，往往連自己也沒發現，心靈已留下創傷。」

連自己也沒發現？這怎麼可能。我早已嚴重受創。今後我一定會體驗到可怕的情境重現，半夜彈跳而起。不過……

「媽，沒那個必要。做心理諮詢太誇張了。我想，我沒傷得那麼重。況且，如果是肯聽我說話的人，我倒是有很多呢。」

我想像自己坐在諮詢師的面前，忍不住搖頭。那不適合我。說到諮詢，被諮詢者也要具備相當的素養，像是個性坦率，或是有一顆真摯的心。現在的我無一具備。

而且，能療癒我的另有他法。

「是嗎……我明白了，媽媽也不會強迫妳。」

媽媽一臉遺憾地望著地面說道，睫毛的暗影落向臉頰。

「不過，要是妳有意願，隨時都可以跟我說。因為有時候時間久了，就會開始覺得難受。」

媽媽站起身，輕撫坐在床邊的我。

「嗯，媽，謝謝妳。」

媽媽一直到最後都對我投注慈愛的目光，然後走出房間。

在房門關上的同時，我旋即打開暫停的音樂。

「復仇的火焰，如地獄般在我心燃燒。」

如果媽媽是夜后就好了。

5

當爸爸開車送我到校門前下車時，我感覺到一股討厭的緊張感在胸中擴散開來。

睽違十天沒來的學校。十天對一名女高中生而言，這當中的空白無比漫長，就算從原本的主場轉變為客場，也不足為奇。可能是我心理作用，覺得校門旁的櫻花樹葉顏色，變得比之前看到的還要深。只要短短十天，各種事都會改變。因為前幾天我對前男友展開的報復行動，讓幾乎全班的男生都開始討厭我。如果我沒來學校這段時間，這件事傳進女生耳中，我就此無處容身，那該怎麼辦？我心中興起少女常有的擔憂。如果真是那樣，我被迫孤獨一人時，我應該將班上每個人都當作復仇對象嗎？我對此展開苦思。

我得振作精神才行。

我邊走邊努力想要揮除家人的影子，尤其是媽媽的影子。

在這裡我只是一個女孩，不是「媽媽的女兒」。

「里奈！」

我走過腳踏車停放處，正準備走進擺有鞋櫃的正面玄關時，前方傳來一個熟悉的聲音。

「早安！里奈，妳不要緊吧？」

「由香。」

「我從教室那裡看到妳，特別跑來迎接妳。哎呀，拿這麼重的東西怎麼行呢。我幫妳拿書包。」

由香一把從我肩上搶下書包，彷彿很寶貝似地，雙手抱得緊緊。

比我矮十五公分的由香，頭正好從我鼻端掠過，從髮梢傳來一陣芳香。啊，這氣味同樣令人懷念。

「里奈，妳真的不要緊嗎？葵傳簡訊給我，我當時看到嚇了一大跳呢。」

由香以清亮的聲音吸引了周遭人的注意，邁步往前走。由香從動作，乃至於聲音、走路方式，都帶有年輕女孩的甜美，和她走在一起，我深切感受到，啊……我回到學校了。

如果有不理睬某人或是排擠等搞小圈圈的行動，由香向來都很積極參與，所以看她現在的反應，我應該是沒事才對。不過……

「感覺我好像很引人注意呢？」

周遭人向我投射的視線，比由香的大嗓門更令我不自在。感覺每一對與我擦身而過的眼睛全都盯著我瞧。

「那還用說，大家都在談妳的事呢。例如說，聽說里奈被刺傷，好像住院了。那些男生甚至還說，小峰里奈該不會死了吧？真的好差勁。」

「這話是誰說的？」

「啊，是我亂說的，根本沒人這樣說。里奈，妳這樣不行啦，傷患得要放鬆心情才行吧？看妳還是很有精神，一點都沒變。太好了，這樣我就放心了。」

「是篠田吧？是他說的對吧？」

我想起上個月和我分手的前男友。如果說有哪個男生會希望我死，我腦中第一個想到的就是他。同時也是因為住院時夢到他的緣故。

「拜託，才不是呢。大家一開始還說，行刺的人該不會是篠田吧，我原本也這麼認為。但篠田極力否認，說不是他幹的。那模樣真是好笑。」

由香笑著說道，步履輕盈地走上通往二樓教室的階梯。我每走一階，便會牽動腰傷，痛苦不堪。我盡可能不讓由香發現，將全身重量施加在扶手上，緊跟在她身後。我咬緊牙關。要是我露出疼痛的樣子，由香會擔心。讓人替我擔心，光想就覺得煩。

走上樓梯後，走廊上站著篠田。

「哇。」

由香發出很冷淡的一聲叫喊，故意讓他聽見。由於我展開的復仇行動，篠田現在幾乎被全班女生嫌棄。由香那冷淡的聲音與她平時可愛的模樣有極大的反差，出了名的可怕。

「小峰……早啊。妳已經康復了嗎？」

篠田克服由香所給予的壓力，向我搭話道。他主動跟我說話！自從分手以來，已有一整個月沒說過話了。

「嗯。」

我用單音回答，並附上七成的笑容。

「這樣啊……」

篠田一副欲言又止的模樣，但由香聳起她那纖瘦的雙肩，像要把篠田推開似地，往前邁開大步，所以我決定跟著她走。在與篠田擦身而過時，我斜眼與他目光交會，但旋即把目光移開。

「妳不覺得那傢伙不太對勁嗎？也太巧了吧。根本輪不到他來擔心吧？」

雖然我覺得這事也輪不到由香來說，但我當然沒說出口。讓包含由香在內的班上女生全都討厭篠田的人是我，而且由香這種會主動攻擊共同敵人的同伴意識，我非常喜歡。這正是我所欠缺的部分。

「里奈，我問妳，刺傷妳的人，真的不是篠田嗎？」

「嗯，我認為不是他。感覺是個不認識的人。如果是篠田的話，我應該會察覺到。」

「咦，如果是不認識的人，那就不妙了。這麼說來，犯人純粹只是個變態？只是想刺傷女高中生嗎？」

「不知道。如果是這樣，那可就傷腦筋了。」

如果犯人只是隨機砍人，那我要比警察早一步找到犯人，幾乎是不可能的事。警方是這方面的專家。我既沒辦案技術，也不懂方法。我手上唯一警察所沒有的王牌，就只有兇手當時留下的那句話。

案件發生至今，已過了十天，卻仍毫無進展，從這點來看，恐怕就連警方也沒發現任何與犯人有關的重大線索。

「真可怕。或許是因為里奈人長得可愛，才會被盯上。」

「才沒有呢。」

我笑著否定她的推測，但由香的那句「可愛」，令我暗自竊喜。

我長得可愛。我在照鏡子時，也常這麼覺得。我常想，要是有人長得像我一樣可愛，聽別人誇自己可愛，應該也不會太高興吧。不過我倒是很喜歡別人誇我的容貌。

國中時，因為我長得不像媽媽，所以我討厭自己的長相。在這樣的反作用力下，我現在變得很喜歡別人誇我外貌。

「不，一定是因為妳長得可愛的緣故。」

「不不不，不可能。」

「不，一定是！里奈妳人可愛，長得又有型。」

「哈哈哈，才沒有呢。呵呵。」

我們展開像傻瓜般的對談，接著抵達教室。還來不及讓我緊張，由香已打開門。

「早安，葵，里奈來了哦。」

睽違十天不見的教室。突然一股強烈的懷念之情湧上心頭，接著我馬上熟悉這一切。坐在教室中央座位上的葵，轉頭望向我。

「里奈！」

好奇的目光從四面八方朝我匯聚，雖然讓人感到壓力沉重，但是與葵和由香聊著聊著，這種感覺也隨著逐漸消散。「什麼嘛，原來小峰還活著啊！」當傳來這個聲音時，我其實心裡很不高興，但我還是以大家向來都誇可愛的貓眼瞪了對方一眼，對方也就沒再多說。說話的人是島崎那個笨蛋，這名男生是出了名的笨蛋。我跟他完全沒交情，對我來說，是個可有可無的同學，不過看到他那一點都沒變的蠢樣，我覺得自己終於又回到主場了，才放鬆緊繃的情緒。

祥和的平日生活。不知為何，我常會被誤會，不過我其實愛好和平。

我一面與葵她們聊天，一面若無其事移動目光，發現篠田在教室最前面一排靠走廊的位子上，靜靜凝望著我。

6

雖然離班級時間還有很充裕的時間，但我還是回到自己位於窗邊的座位。我有話想和立川談。

立川坐我後面。她正獨自一人打開文庫本在閱讀。一發現我到來，她馬上抬起頭，從鼻孔呼氣。如果不是在笑，就是對我嗤之以鼻。

「好久不見啊，小峰。妳沒死啊。」

她只說了這麼一句，目光便又移回文庫本上。

「立川，我想私下問妳件事。」

我向椅子坐下，與她保持同樣高度的視線後說道。

立川眼鏡底下的雙眼瞇成一道細線。

「什麼啊。感覺真不舒服。」

「沒事的，待會妳馬上就能解脫。」

我找尋我事先存進手機記事本中的「那句話」。那是莫名其妙的文字排列。雖然已牢牢記在腦中，不會忘記，但為了謹慎起見，我還是做了備份。

立川暗啐一聲，將看到一半的書闔上，等候我操作手機。

我和立川就讀同一所國中。我們倆說話投機，個性也合得來。不論是腦中的偏差值還是外表的偏差值，都半斤八兩。我們原本感情不錯，但不知為何，立川升上國二後突然走文學少女風，總喜歡做樸素打扮。女生在組自己的小圈子時，外表的類型是很重要的決定要素。我們因而分屬不同的圈子。她戴著黑框眼鏡，頂著一頭微帶藍色、近乎全黑的長髮。國一時，她是一頭很自然的短髮，在田徑社裡精力充沛地東奔西跑，但後來她退社，變成整天坐在教室角落看文庫本的女生。立川這種想讓自己顯得很陰沉的愛好，我實在搞不懂。不過我對立川那不分領域的廣泛閱讀嗜好充滿期待。就像我什麼音樂都聽一樣，立川同樣無書不讀。

「拉梅爾諾艾利基沙。」

「啥？」

「拉梅爾諾艾利基沙，這是什麼？妳不知道嗎？」

我讓立川看我的手機螢幕。

立川嘴脣微動，照著上頭的文字默念。拉梅爾諾艾利基沙。

「這是什麼？」

「所以我才問妳啊。上網查一樣查不到。本來以為妳比較博學，應該會知道的。」

「我問的不是這個。這到底是什麼？妳為什麼做這樣的調查？」

「哦，這是因為刺傷我的人說過，他之所以刺殺我，是為了拉梅爾諾艾利基沙。」

立川眼鏡底下的雙眼為之圓睜，她不戴眼鏡明明就比較可愛。

「啥？這什麼意思？」

「莫名其妙對吧？不過，我認為這或許可成為線索，所以展開調查。啊，這件事請替我保密。因為我連跟警方都沒說。」

「小峰，妳的毛病還沒治好對吧？」

立川彷彿全身發冷似地說道，雙手緊摟著自己。從小學就認識我的立川，很清楚我有仇必報的個性，而且還說那是一種毛病，真沒禮貌。

「勸妳別亂來。被人刺殺可不是開玩笑的。這樣妳還要報仇，那肯定頭腦有問題。」

「我痛得死去活來耶。如果沒報此一箭之仇，難消我心頭之恨。」

「不……應該說，就是因為妳那個毛病的緣故，才會引來別人的怨恨吧。這次的事，該不會是尋仇吧？」

「嗯……我也不知道。」

我也想過這個可能性。也許有人對我的報復展開報復。就算是這樣，我也只是報復他對我的報復所展開的報復。

「搞不好是篠田。」

「不是篠田。」

「哦，是嗎。你聽過對方的聲音對吧！是個陌生的聲音嗎？」

「這該怎麼說好呢。我不太記得了。總之，我當時大吃一驚，努力想理解那句話的含義，也就沒注意到對方的聲音。不過並不是很低沉的聲音。怎麼說好呢……是有點奇怪的聲音。」

「奇怪？」

「嗯，有點偏高……就像不習慣好好發聲的宅男一樣，不然也有可能是女的。」

「連性別都聽不出來嗎？」

「沒錯，所以那句話是唯一線索。妳知道意思嗎？拉梅爾諾艾利基沙。」

立川微微噘起嘴，避開我的目光。

雖然不知道，但又不想說自己不知道，就是這樣的表情。立川也和我一樣不服輸。

「唉……本以為立川妳一定會知道。」

我故意露出失望之色。不服輸就是想把對方鬥倒，這是我們這種人的通病。

「……開頭的拉（La）如果是冠詞，那就可能是法語或義大利語。」

「咦？」

「拉梅爾（La Mer），我記得在法語中是海的意思。諾艾利（Noël）則是耶誕節。至於基沙……我就不清楚了。啊，我不知道啦！我又沒聽到對方的發音。應該說，這到底是什麼鬼？妳得如實告訴警方才行。說什麼復仇！妳頭腦有問題嗎？」

立川生氣了。不過只是稍微激她一下罷了，沸點真低。不過這下知道了，原來是法語啊。

「真厲害，立川妳還懂法語啊。」

我可不想挨罵，所以馬上加以安撫。

「也稱不上懂啦……這只算是一般常識的範圍。喂，說真的，妳最好打消復仇的念頭。」

可能是對自己這麼輕易就動怒感到難為情吧，立川就像在打圓場似地，以平靜的聲音說出符合一般常識的話語。

「要找尋犯人，這太不切實際了。」

「不過託妳的福，我感覺朝線索又更接近一步了。是法語還是義大利語？聽妳這麼說，確實有這種感覺呢。」

「我也不清楚。我只是覺得，或許這也是個追查方向。」

立川就像在鬧脾氣般說道，目光又移回她看到一半的書本上。

「謝謝。要是又遇到不懂的事，再來問妳。」

聽我這麼說，立川不屑地哼了一聲，但還是掩飾不了她那微帶欣喜的微笑。

心思如此單純，正是立川的魅力所在。

「里奈，妳今天要怎麼回去？」

放學後，我正在收拾書包時，抬頭一看，葵就站在我課桌前。我朝手機伸出的手就此停住，對她回答道：

「我爸爸說他會蹺班來接我。我那個傻老爸好像很替我擔心。」

「這樣啊，那就好。」

葵似乎感到安心，長長吁了口氣。

「不過我一再跟他說不會有事，叫他不用來。」

「這怎麼行。里奈，妳就是這樣愛逞強。要是妳爸媽不來，我送妳回去。」

葵的眼神無比認真，筆直地注視著我。如果是葵，真的會這麼做。因為她是個大好人，到無可救藥的地步。

「妳放心，我可不想再挨一次痛，所以我不會逞強的。妳不是還有社團活動嗎？快去吧。」

葵在劍道社裡擔任次鋒。她為人認真，不論是學校上課還是社團活動，別說缺席了，就連遲到也不曾有過。我笑著朝她揮手，她笑咪咪地離開我的課桌。不過離去時，她仍舊望著我瞧。

「里奈。」

「嗯？」

「我真的很擔心妳。妳能回學校來，真是太好了。」

「咦……嗯。謝謝妳。」

聽她一本正經地這麼說，害我有點難為情。雖然難為情，但心裡很高興。

「那犯人真的很不可原諒。在晚上行刺女生，真是爛透了。不過好在里奈保住一命。雖然妳會覺得很生氣，但請不要做危險的事哦。」

白天時，葵和大家一起大聲歡笑，但這時則用截然不同的語調跟我說話。我有仇必報的脾氣，同樣在葵面前露出馬腳。都是因為我對篠田做的那一連串報復行動。但她一定不知道我嚴重的程度，都被立川用毛病來形容了。她以為跟我講道理一定說得通。以為我會為了不讓大家擔心而壓抑自我。

「我知道，謝謝妳。」

「嗯，那就明天見嘍。」

葵最後嫣然一笑，朝我揮手。搖晃著她那長及下巴的短髮以及短裙，走出教室。

目送葵的身影消失在走廊上後，我寄了封信給爸爸。

——我會和朋友一起回去，不用來接我。

為了和那一天一樣搭同一時間的公車，我得在咖啡廳裡消磨時間。這段時間，爸爸一再寄郵件來。信上寫著「我很擔心妳」、「我連妳朋友一起送吧」。我全都悍然拒絕，從郵件那冰冷的字形也看得出我的不耐煩，爸爸終於讓步。最後他寫來一封信寫著「要多小心哦」。我就像捨不得似地，喝完因冰塊融化而變淡的可可，起身離席。

公車站牌排了約十個人左右的隊伍。在排隊前，我先假裝要確認時刻表，來到隊伍前頭，逐一確認每一個排隊者的臉孔，來到隊伍最後。有下班的大叔、粉領族、學生。沒看到可疑的臉孔，也沒人看到我之後露出奇怪的舉動。我排好後，後面隊伍愈來愈長。不久公車前來。和那天一樣，是一輛綠色公車。

我運氣不錯，坐到了最後一排的座位。我坐最後一排的最右側。這個位子可以肆無忌憚地確認每一位乘客的長相。公車很快便擠滿了沒位子坐的乘客。我從中看到了幾名以前和我念同一所國中的同屆學生，但也僅只這樣。沒看到疑似犯人的人物。到底是怎樣長相的人才是犯人，這點我也不確定，所以這也是當然的結果。

我靜靜坐在公車上。此刻我沒心情聽音樂，我感到疲憊，我好像沒因為住院而恢復體力。也許我應該乖乖搭爸爸的車回家才對。或許應該說，我確實應該這麼做才對。為什麼我不選這種正確的做法呢。明知是錯的，卻還作這樣的選擇。

若說我有病，或許還真是如此。

後來我因廣播而猛然睜眼。好像是在我即將睡著時傳來廣播聲，車上乘客已少了將近一半。望向窗外，我常行經的便利商店看板正亮著光。我是在下一站下車。我心跳微微加速。有幾個人也在同一個站牌下車。我坐最後面的座位，所以最後下車。站在昏暗的路上，目送公車離去後，我開始邁步而行。

已很久沒像這樣走在這條路上沒戴耳機。周圍的聲音聽起來透著新鮮，有風聲、沿途人家傳來的屋內聲響、下水道的流水聲。

還有腳步聲。

除了我皮鞋發出的啪噠啪噠聲，還有另一個聲音。

有人走在我身後。

一同下車的乘客皆往各自不同的方向散去，所以此人應該不是乘客。應該只是剛好路過的人吧。湊巧目的地和我同方向，大概吧。

雖然心裡明白，但我還是不由自主加快腳步。心臟噗通噗通直跳。我就承認吧！我好怕，怕得直發抖。

後方的腳步聲對於我的加快步伐沒做反應，始終維持固定的步調。怎麼辦，要回頭看嗎？我不希望對方當我是個自以為是的女人，在這樣的自我意識阻撓下，我遲遲無法停步。正當我猶豫不決時，那腳步聲從我剛才經過的岔路往右轉，就此遠去。我原路折返，確認對方的背影。原來是一位雙手拎著購物袋的家庭主婦。走路步伐飛快。

我鬆了口氣，調整紊亂的呼吸。右腰的傷微微作疼。目前還沒辦法從事激烈運動。

激昂的情緒完全萎縮。我拖著沉重的步伐，來到那天被砍傷的地點。

什麼也沒有，空無一人。連血漬也看不到。這也是當然，因為都已經是十天前的事了。會覺得失望，是我自己有問題。難道我以為會像電影或連續劇上常看到的那樣，在現場拉起黃色封鎖線嗎？

該調查的，警方應該都已調查完畢了吧。在醫院接受詢問時，我清楚說出當天是搭幾點的公車。

我向葵和爸爸說了謊，但最後卻一無所獲。

我步履沉重地踏上回家的路。

回到家中一看，姊姊在家。

7

姊姊還是老樣子，宛如畫中人物。

明明是在家中，卻不露半點破綻。

白色的波浪裙輕飄飄地攤在沙發上，白皙修長的雙腿併攏往前伸。燙成大波浪的米棕色長髮從左肩一路垂向胸前，而她擺在膝上的書，往往都是法國文學或是詩集這類的書。

因媽媽的愛好而構成一整套綠色系的北歐風客廳裡，宛如人魚公主般的姊姊，身為完美媽媽的女兒，以毫不遜色的完美姿態放鬆全身。

「妳回來啦，里奈。」

一見到站在客廳大門前的我，姊姊嫣然一笑。那是與媽媽如出一轍，充滿慈悲的完美微笑。姊姊身上有一部分和媽媽很相似，我很討厭，但其他部分我都很喜歡。不過姊姊最近常將她自己那部分隱藏起來。

「里奈，妳到這邊坐。」

她此時說話的聲音也帶有一點像媽媽的要素。

我略感不悅，沒照姊姊的指示坐向沙發，而是蹺腳坐向她正面的矮桌。一旁喝到一半的紅茶，杯子微微發出震動的聲響。Wedgwood的茶杯，摔破最好。

「里奈，妳對爸爸說謊對吧？」

我嘆了口氣。

果然不出我所料。同時參加福音班、書法、英語會話社的姊姊，在星期一的這個時間出現在家裡，實在很奇怪。平時總是我最早到家。

「爸爸向妳告密對吧。」

「爸爸他相信妳，以為妳會和朋友一起回來。但妳騙他對吧？」

姊姊的口吻仍帶有媽媽的影子，但是在說教模式的正經表情下，掩飾不了她因竊笑而輕揚的嘴角，這就是姊姊。我看了覺得高興，便對她如實以告。

「沒錯，我說謊。我獨自坐和那天同樣時間的公車回來。我心想，或許犯人也會在那兒。」

「然後呢？」

「如果他在，我就要他血債血償。」

「里奈。」

「騙妳的啦，我開玩笑的。」

我將姊姊的紅茶一口喝掉了。是喝不出味道的調味茶。喝起來微涼，正好適合我。

「妳打算殺了那個犯人對吧？」

「才不會呢。別講得那麼可怕好不好，竟然說我會殺人。」

「住我們家附近，向警方通報的那個人，他可全都聽到了哦。好像有人大喊著『我一定會宰了你』。那個人就是聽到這聲叫喊才報警的。」

好吧。

「里奈，大叫的人是妳對吧？」

「我只是一時火氣上來，脫口而出罷了。又不是真的想殺了他。姊，十幾歲的孩子如果每次脫口說要殺人，就真的殺人，那不就滿地屍體了嗎？這就叫屍橫遍野嗎？太可怕了。」

我雙手包覆紅茶的茶杯，佯裝是個乖女孩。姊姊瞇起眼睛，輕嘆一聲。

「姊，還有一件事，我沒死哦。妳也知道的，我很尊崇漢摩拉比法典。而教我以眼還眼的人，不就是妳嗎？」

「里奈，除了實際的傷勢外，妳還會把花費的時間、心情等等因素全都加進去不是嗎？我向來都搞不懂妳計算損失總額的方法。」

「像殺人這麼可怕的事，我才不會做呢。」

不過，這得依犯人而定。

實際見到犯人後，我會做到什麼程度，連我自己也不清楚。不過，對方加諸在我身上的傷害和扭曲，我一定會全數奉還，直到我認為已討回公道為止。直到我怒火全消、心情暢快為止。

「這可是刑事案件呢。」

姊姊以一本正經的口吻說道，完全沒在聽我解釋。或者該說，她根本不相信我說的話。不愧是姊姊，打從我出生起，就對我了解透徹。

「像這種情況，一般都不會想要親手報仇。都是在心裡祈禱犯人早日落網，同時低調地過日子。就算是像妳這種有仇必報的人，一般在警方出面後，也都會抽手。」

「妳是想說我瘋了是嗎？」

「我懷疑妳是不是真的瘋了。我是說真的。」

我暗啐一聲，接著姊姊像在安撫我似地莞爾一笑，溫柔地輕撫我蹺起的腳，用她那柔順的手指。

「我很擔心呢！里奈，妳太過完美主義了。妳所謂的完美，存在於只有妳自己才看得見的基準之中。有時候妳看起來就像被強迫症所困，就像有潔癖的人想除去看不見的髒汙一樣，妳會對復仇這麼執著，應該也是因為心理的……某個原因吧？」

「立川也說我有毛病。」

「真是位好朋友。」

姊姊嘴角輕揚。我很喜歡她這種笑容。

「我的事，妳會跟媽媽告密嗎？」

「怎麼可能？我才不想惹來妳的怨恨呢！不過妳也要聽聽姊姊的建議吧？試著冷靜想一想。妳真的想復仇嗎？不會只是被『非復仇不可』的想法給逼急了吧？」

「嗯……嗯……」

我頷首。雖然我覺得這種事根本想都不必想，因為不管我這種復仇欲望有怎樣的背景，我還是喜歡順著衝動行事的自己。不過既然姊姊這麼說，我也開始覺得，不妨試著重新思考看看吧。因為我很喜歡姊姊。

而且我可以邊思考邊行動。

「姊，妳知道拉梅爾諾艾利基沙嗎？」

「拉梅爾……這什麼啊？」

我從書包裡取出手機，讓姊姊看我記下的那句話。姊姊秀眉微蹙。

「怎麼說好呢，感覺像咒語之類的，我很好奇它的含義。」

「與這起案件有關對吧。」

「沒有。」

「明明就有。」

姊姊嘆了口氣，將原本放在地毯上的雙腳抬至我坐的矮桌上。真沒規矩。

「里奈，妳肯聽姊姊的話嗎？」

「先不說這個。妳知道嗎？我問過立川，她說這可能是法語之類的外國話。姊，妳不是正在大學裡學法語嗎？」

「是啊。」

「立川說拉梅爾是海的意思，而諾艾利是耶誕節的意思。」

「耶誕節念作諾艾利。而拉梅爾還有另一個意思。」

說到這裡，姊姊突然停嘴，凝視著我。她眼中浮現的是擔心和顧慮。不愧是姊姊，真了解我。她知道我的執著、毛病、弱點，還有內心的情結。

「是母親的意思。」

邊洗澡邊護著傷口，得多花不少時間和體力。對於這樣的不便所感受到的憤怒，我向來都會牢記腦中，將它加進報復的加總計分中，但今晚我有點心不在焉。我一身疲憊，當我以毛巾擦拭著溼髮，返回自己房間時，躺在床上想的不是對犯人的憤怒，而是其他事。

拉梅爾。媽媽。

8

我是個戀母控。

這並不表示我是那種對媽媽愛之入骨，凡事都聽媽媽話的戀母控，而是真的對媽媽存有特殊情結的那種戀母控。

不過，這與自卑感的情結又有些不同。當然了，我有時會想，就是因為媽媽太完美，我才會比不上她，但我才不要變得像媽媽那樣完美，也從不想那麼做。

雖然姊姊說我是完美主義者，但我所追求的完美，與媽媽所體現的完美，層次截然不同。這令我覺得很反感。

我將吹風機的插頭插進書架下的插座，轉頭環視自己房內。配色以黑灰兩色居多，只有一些小飾品和單人小沙發是豔粉紅色。這屋子的其他房間，全是以媽媽喜歡的大地顏色以及優雅華麗的木紋家具來配置，只有這個房間顏色昏暗，以「簡單就是驚奇」的宗旨來呈現。出自我的構想。

這種品味當然是出自我的個人愛好，但我的愛好其實是刻意與媽媽的愛好反其道而行，這點我也有自覺。換句話說，這個房間其實也只是我從相反的方向去承受媽媽所帶來的影響罷了。

姊姊的房間就坦率多了。在花鳥的主題下，搭上曲線偏多的浪漫家具。粉紅色與黃色的配色。比媽媽的愛好多了一些輕浮。

記得在小學低年級時，我原本還很期待姊姊能成為和我一起對抗媽媽的同志。我的種種惡行，她都會替我瞞著媽媽，而且她不時展現的爽快笑容，給人一種豪放不羈的感覺。有一次我們兩人在家附近的公園玩耍，與身後出現的三名陌生女孩吵架。我們以犀利的人身攻擊，在那場爭吵中獲得壓倒性的勝利，手牽手回家。當時在回家的路上，我確實與姊姊產生一種共鳴感。姊姊當時講出許多媽媽聽了肯定會臉色發白的粗話，真是帥呆了。而我當時講出一句無比殘酷的話，連姊姊聽了都怕，我深感自豪。當時從我們緊緊相牽的手中，我感覺我們是抱持著同樣的心情走在回家的路上。如果我們姊妹聯手，一定能戰勝媽媽。有辦法推翻完美的媽媽一手建立的完美家庭。我不是孤軍奮戰。在媽媽面前說不出口的鬱悶，姊姊也感受得出，她和我一樣在對抗。我原本一直是這麼認為。

現在姊姊已變得像媽媽一樣。

我想打倒媽媽。為了這個目的，我不就只能親手殺了媽媽嗎？在那憨傻的國中時代，我甚至還為此苦惱過，但是殺死我最喜歡的媽媽，我一定辦不到。

錯綜複雜。我的戀母控具有這方面的特殊情結。

我吹著頭髮，一再嘆息。

「這都是為了拉梅爾諾艾利基沙，抱歉。」

吹風機的聲響蓋過我的低語。

這句話我只在混亂的狀況下聽過一次，也不確定我的記憶是否正確。話說回來，這句話不見得有含義，或許只是一名腦筋不正常的變態隨口胡說。要當作找尋犯人的線索，又顯得太薄弱。

我也知道，只是……

媽媽。

如果和媽媽有關呢？

如果拉梅爾諾艾利基沙指的是媽媽呢？

我是因為媽媽而被刺殺嗎？因為我不配當媽媽的孩子。

如果是這樣呢？我對此有什麼感覺？

我能理解。有這個可能。原來如此，我確實完全不配當媽媽的孩子。

接著感受到的是快樂的心情。這確實是我現在的心情。

我要殺了那個為了媽媽而砍我的犯人。就過程來說，這實在很淒美。這樣就能切斷戀母情結的咒縛，我忍不住這麼想。啊，說要殺人當然只是比喻，姊。

我心裡這麼想。就算這樣的懷疑只算是戀母情結的妄想層級，還是姑且先假設媽媽的周遭有可疑人物吧，最先要懷疑的，應該是媽媽職場上的相關人士吧。

在我升上國中時，媽媽便結束鋼琴教室的營業，開始在一位於大學教文化人類學的教授底下當秘書。文科研究室的秘書，一般聽說都是隨便雇用外表長得可愛的年輕女子，但媽媽可不光只負責端茶這類的工作，她還得多方照顧系上的大學生和研究生，而這些都是那位號稱怪人的教授所無法勝任的工作。

媽媽任職的研究室，我只去過一次。兩年前，不知該選哪一所大學好的姊姊，受教授熱情邀約，到那所大學參觀時，我也厚著臉皮跟去。

那位姓吉野的教授是位看起來像四十多歲，也像六十多歲的中年男性，比身高一百六十幾的我還要矮一些。圓挺的肚子、一頭很不自然的黑髮、不合時代的玳瑁眼鏡，是個令人印象深刻的人物。吉野教授禮貌周到地與當時仍是國中生的我握手，並自我介紹道「我是吉野，現代的鍊金術士」。真是個怪人，這是我對他的第一印象。

在一間布置得很舒服，與吉野教授的氣質一點都不相稱的教授研究室裡，他一面喝著茶，一面誇張地讚美媽媽道：「這間研究室就像是小峰女士一手打造的一樣。」

「因為我這個人只會研究。要是走錯一步，可就離群索居了。我還自稱是鍊金術士，根本沒人尊敬我。所以照顧學生的工作，全都交由妳們的母親負責，她幫了我不少忙呢。」

聽媽媽受人誇獎，感覺不錯。我心中對吉野教授的評價提升不少。但吉野教授也說：

「不過，崇拜小峰女士的學生愈來愈多，這可是個問題呢。」

媽媽在學生之間很受歡迎，當天遇到的人幾乎都這麼說。事實上，我也親眼見到幾名擦身而過的學生，對媽媽投以熱情的目光。那是憧憬、迷戀、崇拜夾雜的目光。儘管置身在這樣的目光下，媽媽卻像完全若無其事，一派輕鬆自然。

會是迷戀媽媽的笨學生襲擊我嗎？當我想到這起事件或許與媽媽有關時，腦中率先想到這個可能性。倘若這是暗戀人妻的某個笨學生所為，遇刺的人或許是爸爸才對。之所以不是這樣的結果，全是因為媽媽的緣故。媽媽對那些笨大學生來說，根本就遙不可及，這件事再清楚不過了。我之所以會遇襲，是為了消除媽媽的汙點。只要這個有劣根性的女兒喪命，媽媽就能變得更加完美。

如果是具有這項動機的人，吉野教授或許也符合條件。那天聽教授誇讚媽媽所說的話，當中當然有一部分可能是對身為女兒的我們所說的客套話，但講得未免過於誇張。

以教授的情況來說，與其說那是他對媽媽的個人崇拜，不如說是能擁有完美的媽媽當他部下，令他深感驕傲。

要進入大學裡，對媽媽職場上的關係人物展開徹底調查，根本就易如反掌。只要吉野教授認得我，就算要進入研究室也沒問題。但這麼一來，我的行動當然會完全攤在媽媽面前。在媽媽四周查探的我，看在媽媽眼裡會作何感想？

想到這裡，我關掉吹風機的開關，趴在床上。床單碰觸手臂，感覺好冰涼，說不出的舒服。

好累。體力真的衰退許多。

我將纏繞在枕邊的隨身聽拿過來，把耳機塞進耳中。流洩而出的，是泰勒絲的〈空白〉。充滿暗示性。

身為一名戀母控，我對媽媽周遭的人就是犯人的說法相當執著，不過現階段最好還是當作可能性之一，暫時留存腦中就好。

目前先從我自己身邊展開調查，比較實際。

雖然很不想這麼做，但明天還是先從頭號嫌疑人開始問起吧。

9

我身為案件被害人的稀罕性，到了隔天便轉為稀鬆平常。昨天那緊黏不放的視線，宛如不曾存在似的。不愧是十幾歲的年輕人，轉眼就膩了。

所以放學後，要在沒人的遊廊角落攔截倒完垃圾回來的篠田，並不是什麼難事。

「篠田。」

我從他身後叫喚，篠田嚇了一大跳，模樣當真好笑。

這裡是連接南北校舍的三樓遊廊。強烈的西照從窗口射進，照亮整個走廊。從操場遠遠傳來體育社團急促的吆喝聲，突顯出走廊的寂靜。在一片祥和的氣氛中，我以略感愉快的心情望著篠田轉頭時，那與現場氣氛很不協調的扭曲表情。

篠田那鮮明的雙眼皮，急促地眨個不停。我走近後，他的瞳孔迅速左右擺動。可能是擔心現場有不必要的觀眾在場，或是在找人求救吧。不管怎樣，現場只有我和篠田兩人。

「篠田，不好意思啊。」

我來到離篠田約三公尺的距離後停步，如此說道。現在我們之間的私人空間大概就這麼遠。

「咦……哦。不，我也是，抱歉。」

篠田聲如蚊蚋地向我道歉。這是在為哪件事道歉呢？

因為我遇刺的事，害篠田成為眾人謠傳的對象，備受困擾，所以我才向他說「抱歉」。我當然不必為此事負責，要是他問我「妳真的覺得自己錯了嗎」，我會回他一句「Fuck」。但我姑且先說聲抱歉，來替這場交談起頭。

不過篠田的那句「抱歉」又是怎麼回事？難道是現在才對造成我們分手的一連串紛爭道歉？

還是他在對刺傷我的事道歉？

「刺傷我的人是你嗎？」

「咦？怎麼可能？才不是呢！」

篠田表情扭曲，口沫橫飛地極力否認。還好我離他有段距離。

「竟然連妳都這麼說，我怎麼可能做這種事。久世小姐也問了我許多事，但最後她選擇相信我。」

久世小姐？我側著頭感到納悶，但旋即便憶起，是到醫院來的那位刑警。

「警方也去過你家啊。」

「是啊，給我們帶來不少困擾。」

「抱歉。」

「啊？不，別這麼說，這也是沒辦法的事……誰教我做了那種事。」

篠田說起話來又變得含糊不清了。雖然現在為時已晚，但篠田似乎是對我們的分手方式感到歉疚。我都不知道。因為知道這件事的機會也被我給毀了。

我們分手的原因，是因為篠田劈腿。

這件事本身並沒有什麼大不了。我自己也有自覺，我們兩人的交往就像在辦家家酒一樣。所以當我知道他劈腿時，雖然心裡頗為震撼，但也沒受傷太深。不過他的對象是一位三十多歲的人妻，這令我相當吃驚。

總之，我當初原本並不想對他展開如此殘酷的復仇。像立川就誤以為我是個下手不知輕重的瘋狂殺手，但其實小時候姊姊對我的教誨，我都牢記在心。不可以做得太過火。像這次的案例，戀愛家家酒的劈腿代價，只要賞對方兩、三拳也就夠了。至於鼻梁會不會打斷，那就得看篠田的骨質密度而定了。

我之所以不肯輕饒，全是因為他劈腿的那位人妻主動和我聯絡。

她寫信到我手機的電子信箱。肯定是篠田洩漏的，媽的。

——妳好！妳是健吾的女朋友對吧？幸會！我是健吾偷吃的對象！突然跟妳聯絡，不好意思呢。是這樣的，我覺得健吾實在很可憐，所以忍不住寫信給妳♪

第一次看到那封信時，我略感慌亂。哦，竟然主動上門挑釁，或許從小學那次以來便沒再遇過這種事。怎麼辦，這種慌亂的感覺，好懷念啊。

——跟妳說哦，健吾他是個血氣方剛的大男孩！所以妳既然是他的女朋友，怎麼可以不幫他退火呢！健吾總是說他女朋友不幫他退火，老是跑來找我！

怎麼辦，我快暈了。

我思考片刻後，保留那封郵件，並事先做好截圖備份。我當然沒回信。我不想和對方扯上關係。都三十多歲的人了，格調還這麼低，肯定是個很難搞的人。難搞並不是罪過。對於這位有夫之婦，我並未感到怒火中燒。聽說女人在得知男人偷情時，往往會朝同性發洩怒火。就這個層面來看，我們這場戀愛果然只算是戀愛家家酒。我的怒火全往篠田身上傾注。

不可原諒。篠田竟然將我的事告訴這個蠢貨。他肯定和那個女人談我的事，說我壞話，聊得樂不可支。兩人一起嘲笑我，利用我來體驗那說別人壞話時，彼此保有邪惡秘密的親密氣氛。我認為這是無比嚴重的背叛。

所以我偷走篠田的手機。搞不懂男生為何都會將手機或錢包這種重要的東西，插在視覺死角的褲子後方口袋到處走動。解鎖也非常簡單。因為我好幾次看過篠田在手機螢幕上滑動解鎖，而且液晶螢幕上留有指紋痕跡。

晚上我坐在客廳的沙發上，操作著他的手機，臉上掛著冷笑，姊姊看了，納悶地問我：

「里奈，妳在做什麼？」

「姊，我失戀了。」

「嗯，然後呢，妳現在在做什麼？」

「蘇奉吉[1]。」

姊姊誇我法文發音標準，到廚房替我沖了一杯熱可可。上頭漂浮著粉紅和白色的棉花糖，相當可愛，讓人內心為之一亮。我邊喝可可，邊對篠田與偷情對象的對話進行截圖，尤其是和性有關的對話。

當我喝完可可時，也忙完了這項作業。我放下杯子，將蒐集到的圖片傳向班上同學專用的聊天群組上。

「所以警方會找上門，也是沒辦法的事。」篠田說。

原來如此，篠田的意思是，警方研判我們分手時的紛擾，以及之後班上發生的風波，都有可能構成這起傷害事件的動機，這也是沒辦法的事。

與三十多歲歐巴桑的情色對談曝光後，篠田遭班上的女生唾棄，簡直把他當噁心的蟲子看待，至於我則是換來班上男生很不客觀的評價，說我陰險、手段狠毒。

「嗯……」

「不過，真的不是我做的。警方也只來了一次就走了，因為我有不在場證明。」

不在場證明。突然冒出這種推理小說裡常出現的單字，反而更讓人覺得可疑。不在場證明不就等同是詭計嗎？

「怎樣的不在場證明？」

1. se venger，法文的報復。

「我當時……也就是妳遇刺的時候，我正在打工。」

「哦。」

我想起來了。我好像聽人提過，篠田最近開始在車站附近的漢堡店打工。那個笨蛋島崎曾嘲諷說，打工該不會是為了要勾引人妻吧。

「我打工的地點，每個人都是證人。所以不是我幹的。」

「我知道了。」

我很直率地點了點頭。話說回來，原本我就不是真的懷疑篠田是犯人。就只是想聽他怎麼說，做個確認。經由這次簡短的對話，我得到了結論，篠田是清白的。其實也沒有什麼確切的證據，就算篠田不是現行犯，他也有可能請人襲擊我，不過我也否定這樣的想法。也不知為什麼，就有這樣的直覺，篠田不是這樣的人。好在我腦中思考的方向能確認這點。

「我也相信你是清白的，再見了。」

該談的都談完了，我的事情也辦完了。我準備離開，我想回教室，於是從篠田身旁走過，這時他一把抓住我的手臂。篠田握住我右臂的那隻手，從我右腰的傷處掠過。

「等一下，我……」

篠田說的話，我一句也沒聽進耳裡。

在我右腰旁，我的身後，站了個人。光是這樣的感覺就已超出我的腦容量。

我全力把手抽回，把篠田的手甩開。

「別碰我，我覺得噁心。」

不對。

我不是覺得不舒服。事實是，我害怕。

但被他看出這點，會令我感到更覺屈辱。

篠田以驚訝的表情望著我，這更加煽動了我。

「你沒發現自己有多噁心嗎？真的很討人厭耶！笨蛋，噁心死了！別靠近我。」

就像小孩子吵架一樣，沒半點內容的滿口惡言。

血液似乎都在我腦中同一處打轉，我只講得出這種話。笨蛋、討厭、最討厭了。

看到篠田的臉逐漸露出受傷的表情後，我才安心下來。我什麼都不怕，就只是覺得篠田噁心而已。我才沒那麼怯弱呢！

篠田從我臉上移開目光。接著我逃也似地轉身背對他，邁步離去。

在回家的公車上，我聽著德布西的〈黑娃娃的步態舞〉，心情跌落谷底。我討厭這首曲子。那活潑的旋律令我倍感焦躁，似乎是不小心混進我的精選集裡了。

但我還是繼續聽，為了讓罪惡感折磨我。

我想向篠田道歉。我竟然拿他出氣，真是太差勁了。

不過，這只算是想從罪惡感中解脫的一種自私；希望我不會原諒自己做這種壞事的一種自私；對於媽媽常說的「要是做了壞事，就得好好道歉」的教導，得嚴格遵守的一種自私。總之，我這全都是基於自身的欲望，至於篠田的感受則是排第二順位。自私自利。其實我也沒那麼討厭這樣的自己，我只重重嘆了口氣，便又重振精神。ＯＫ。下次再多加注意吧。

當曲目切換成〈珍珠耳環〉時，我的思緒開始飄向與篠田交往之初時的記憶。

我與篠田高二那年第一次同班，之前完全沒任何交集，但因為坐得近，所以常交談。篠田個子高，長得也不差，但感覺會以此自滿；他說話風趣，腦袋也不差，但感覺也會以此自滿，這是他給我的印象。不久，從他的態度和舉止間，我漸漸懷疑他是否喜歡上我，而發現這點的由香，也故作可愛地嚷嚷著「我敢保證，篠田一定對妳有意思」。其實我根本不在乎。我心想，要是他向我告白，我就拒絕他。篠田被甩之後的反應，一定是教人很頭疼的那種，我事先預想這樣的情況，心裡直喊吃不消。說起來對他還真失禮。

而出乎我意料之外的，是他的告白方式。

我從國中畢業後，開始大受男生歡迎，我對交男朋友也懷抱著好奇和期待，但那些對我告白說喜歡我的男生，我一概沒接受。因為他們的告白方式實在讓人看不下去。

寫電子郵件或打電話就不用說了。偶爾也有人提起勇氣當面向我告白，但不是擺出半開玩笑的態度，就是裝出一副結果是怎樣都無所謂的模樣，一點誠意都沒有。「要不要試著和我交往看看？」到底是抱持什麼心態才會講出這樣的話來？我不想試。我不想試著和你交往。

本以為篠田一定也是用這種手法，我一定又會被迫聽他展開這種自我保護，令人不耐煩的告白。但結果卻不是這樣。

那是某個風強的日子。放學時間，天空萬里無雲，凋謝的櫻花和沙土一同在地面上流動。篠田將我叫到操場邊的花圃角落，對我說：「我喜歡妳，請和我交往」。

我一如平時，在那個站牌走下公車。我摘下耳機。

今天也和昨天一樣，我在發生那起案件的同一時間坐上公車。一面注意聽周遭的腳步聲，一面踏上返家之路。我打算持續一陣子都搭同一時間的公車返家。儘管找到犯人線索的希望渺茫，但總比什麼都不做來得好。雖然我對自己的耐力沒什麼信心，但這可以用執著來補強。

——對方不過是低頭鞠躬而已，我便受到感動……

猛然回神，發現我又在想篠田的事了。

——那是因為有人如此誠摯地希望與我交往，我很高興。

我抬起頭，出現眼前的是一輪明月。

是我喜歡的金黃色月亮。

如果提早返家，應該就看不到這樣的月亮了。

我手抵向腰間，輕撫那處傷口。

以前曾聽到媽媽與某人的交談。

有人問媽媽，妳不會希望女兒日後當一名鋼琴家嗎，媽媽回答道：

「我家的孩子有自己獨立的人格，我沒權利決定女兒的人生。」

自己沒能實現的夢想，不會強行加諸在女兒身上。這是媽媽公正的一面。不愧是媽媽，擁有過人的理性和自主性。

但我以前明明就很想學鋼琴。

咦？

我原本明明在想篠田的事，媽媽什麼時候冒出來的？
我這個人果然凡事都只想到自己。

10

隔天早上，可能是半夜下雨的緣故，溼黏的空氣纏遍全身，我和平時一樣獨自出門上學，走上昏暗的樓梯，坐向自己的座位。由香和葵都還沒到，也沒看到篠田。

「小峰。」

我因叫喚而回頭，發現立川從書上抬起視線注視著我。真是難得。早上的讀書時間，她向來都會屏除周遭的一切。

「早安啊，立川，今天灰濛濛的天氣真適合妳呢。什麼事？」

「我知道妳今天的預定行程。」

立川瞇起眼睛說道。她怎麼突然沒頭沒尾地說這麼一句呢？

「咦？」

「妳會去醫院對吧？去拆線。我也會去。」

「啥？」

我不懂立川這番話的含義，納悶不解。的確，今天放學後，我預定要去醫院拆線。但我不記得曾經告訴過立川這件事，而且完全無關的立川也會跟來，更令我感到莫名其妙。

見我滿是問號，立川滿意地呼了口氣。

「我也不是自己想去，是情非得已。」

「咦，那請妳不要來。」

「我也沒辦法啊，因為是小峰學姊拜託我的。」

小峰學姊……姊姊。

一聽到小峰學姊，整個來龍去脈我已經明白八成。

「我姊姊拜託妳？」

「她請我今天跟妳一起去醫院，然後和妳一起回來，還有以後也都是。」

「以後也都是？」

我不禁提高音調。見我百般不願，立川得意洋洋地說道：

「妳在做什麼危險的事情對吧？小峰學姊很擔心，所以才來請我幫忙。」

昨天姊姊見我無視於她的忠告同樣晚歸，就鼓起腮幫子，不發一語。我同樣不予理會。原來如此，所以她想到派立川出馬是吧。

「我才沒做什麼危險的事呢，是姊姊誤會了。立川，妳不必在意我的事。我不能給妳添麻煩。」

「妳要怎麼說都行，因為妳的意見不重要。我只聽小峰學姊的請託。」

原本想說她不會真的這麼做，但沒想到放學後立川真的跟來了。

「立川，妳那麼閒嗎？沒其他事做嗎？沒男朋友嗎？連朋友也沒有嗎？」

在坐上通往醫院的公車前，我一直想辦法試著讓立川改變想法，但全都徒勞無功。立川的眉毛連挑都不挑一下。看來她意志堅定。

國中時……不，也許從小學時代起，立川對姊姊就莫名地景仰。她們兩人之間並沒有多大的交集，對立川而言，姊姊就只是大她兩屆的學姊。國中畢業後，已又過了兩年，所以她應該沒理由對姊姊如此言聽計從才是。當地像這樣的學妹多得是。不知為何，姊姊出奇受晚輩仰慕。

公車開走後，我就死心了。今天看來是沒辦法了。

「立川，關於昨天那件事。」

「嗯？」

可能是看出我已放棄，立川終於開始對我說的話有反應。

「就是拉梅爾諾艾利基沙的事。」

「哦。」

「後來我也問過我姊姊。她說拉梅爾除了大海外，還有母親的意思。」

「好像是，我也調查過。」

我望向坐在走道座位上的立川，頗感意外。立川竟然會特地調查這件事。

「不過我還是不懂它的意思。根本沒有拉梅爾諾艾利基沙這個單字，就算是個句子，也找不到這句話能套用的文法。我看是妳聽錯了吧。找尋犯人的事，我看妳就放棄吧？」

「說得也是，乾脆放棄好了。」

我隨口敷衍她幾句。立川搖了搖頭，一副拿我沒輒的模樣。我希望她拿我沒轍，然後從此對我置之不理。她明天真的也會和我一起回家嗎？

我先前住院的那家綜合醫院，是這一帶最具規模的醫院，寬敞的大廳隨時都人潮擁擠。這棟年代久遠的水泥建築，明明設置了不少大型窗戶，但不知為何總是呈現昏暗的氣氛，讓我想起先前住院的時間明明連短短一週都不到，卻令人意志消沉。我只想早點辦完事離開這裡。

「我並不討厭醫院。」

踏進大廳時，身旁的立川如此說道。她是看到什麼，而有這樣的想法呢？「哦，是嗎？」我只在心裡如此應道。當立川將自己塑造成陰沉、病態的文學少女形象時，我向來都不予置評。這是近乎體貼的一種表現。

在櫃檯處等了一會兒，但實際拆線所花的時間只有十幾分鐘，幾乎不會痛。頂多只有痙攣般的微微刺痛，不到會令人生氣的程度。

回到大廳後，看到立川坐在入口附近角落的椅子上，開著文庫本在閱讀。我猶豫著該不該朝她走去，但為了繳費，我還是決定先坐在櫃檯附近的椅子。我該混在人群中，獨自返家嗎？這樣她會不會太可憐？

櫃檯叫喚我的名字。

我繳完醫藥費。

收好掛號證後，抬頭一看，篠田站在我面前。

「啊……嗨。」

他雙目圓睜地注視著我，向我打了聲招呼。我差點叫出聲來，極力嚥進肚裡。接著在那短暫的瞬間，腦中閃過各種念頭。

為什麼篠田會在醫院？他是跟著我來到這兒嗎？他是跟蹤狂嗎？目的何在？他對我有敵意嗎？難道是為昨天的事生氣？

這時篠田從我身上移開目光，轉向站在他身旁的人。篠田並非獨自一人。

「啊……」

篠田一臉尷尬地搔抓自己的頭髮，似乎在思考如何接話。

我見過這個人。我曾去過篠田家幾次，見過這個人幾次面。因長滿青春痘而坑坑疤疤，充分展現出他正值青春期的皮膚，以及顯得很陰鬱的劉海。他是篠田的弟弟。

篠田的弟弟連看也不看我一眼，一直靜靜望著腳下。

帶著弟弟一起跟蹤？

「我們是來醫院探病的。」篠田說。

「小峰，妳是來那個對吧？傷勢……複診？真巧。我媽在這裡住院。」

「住院？」

我像個傻瓜似地，跟著重複他的話。

住院。我從沒遇過篠田的母親。聽說和我家一樣，他爸媽都在工作，總是很晚才回到家。

「這樣啊……咦，什麼時候開始的？」

「大概兩個禮拜前左右。」

篠田的話語中似乎帶有一種解釋的意味。

大概是想強調這和我們兩人交往的時間沒有重疊吧。

是為了他自己，還是為了我？

「是嗎……要請令堂多保重。」

雖然覺得這是毫無意義的客套用語，但我也只能這麼說。是什麼病？有什麼樣的病徵？這種話我當然不可能問。因為我現在已沒那個立場過問。

在篠田回答前，他弟弟一直背對著我。應該是想早點離開這裡吧？我想也是。自己哥哥和前女友的尷尬對話，他應該不會想一直聽下去才對。

見篠田弟弟那無比冷淡的態度，我心想，他可能也跟他弟弟說過我向他報復的事。如果是這樣，他可能也跟住院的母親說過。那我不就成了篠田家的共同敵人？

「嗯，所以說，這真的只是巧遇。不是我跟蹤妳來到這裡，妳可以放心。」

「哈哈，你也真是的，這我當然知道啊！」看來我的心思被他看穿了。

「妳也要多保重。」

篠田的聲音不帶半點客套的感覺。唯獨這個時候，我對自己受傷的事感到慶幸。一名可憐的受害者。很感謝有這樣的頭銜。

「篠田。」

最後當篠田朝弟弟追去時，我向他喚道。

「昨天很抱歉，說了那麼過分的話。我那只是拿你出氣，請別介意。」

「和好了嗎？」

我來到立川面前後，她從文庫本上抬起目光如此說道。這傢伙似乎全瞧見了。

「怎麼可能嘛！」

我故意微笑使壞。

「就只是偶遇。他說是來給他母親探病。聽說住院了。」

「哦，真的只是偶遇？」

立川皺起眉頭。我嘆了口氣，感到疲憊。

「我肚子餓了，要不要吃點東西再回去？」

「不行，小峰學姊希望妳能直接回去。」

「那女人是怎麼回事？她是我媽不成？」

「她是擔心妳，就只有這陣子。她說只要妳安分一點，她馬上就會抽手。對了，拆線情況怎樣？會痛嗎？」

「妳回來啦！」

令我感到噁心作嘔的甜美聲音。一打開客廳大門，姊姊和前天一樣輕鬆地坐在沙發上。今天她穿的是白色搭粉紅色的套裝。我對準她那做作的笑臉，丟出書包。

「我被立川纏住了。」

姊姊單手接住書包，讓它滾向沙發上。

「咦？難道是因為我說那些話的關係？我只是說我擔心里奈，和她聊到妳的事情。」

「妳叫她別再跟著我了。」

「前提是妳不再做這些危險的事。」

「我不會再做了。」

「妳說謊。」

「是啊。」

嘖。

姊姊朝我啐了一聲。我也馬上反啐。

我與姊姊互瞪了數秒之久。

我眯起雙眼，抬起下巴。姊姊只有嘴角微微上翹，雙眼目光炯炯，充滿攻擊性。姊姊的瞪視，我一點都不怕。小時候我常被她瞪哭，但這十六年來，她都是用同樣的表情恫嚇我，我也習慣了。不過，她應該也一樣吧。不管我再怎麼惡狠狠地瞪她，她也毫不畏懼。

「啊，對了，拆線根本就沒什麼，一點也不痛。」

「啊，真的嗎？太好了，爸爸還很擔心呢。」

我們不約而同地化解戰鬥態勢。

爭吵根本就沒意義，因為就算談了也無濟於事。

「因為傷口已經癒合。」

「那妳今天可以泡澡嗎？」

「醫生好像說過，可以的話，沖澡就好了。」

我在電視的正前方，姊姊的右側坐下。今天就先安分一點吧，我也覺得累了。「這樣裙子會縐哦！」姊姊如此說道，突然站起身。基於平時的習慣，我知道她要去幫我倒飲料。最喜歡姊姊了。

我什麼都不想做，用手邊的遙控打開電視。七點前的新聞播映出來，是當地新聞。小學生參加遠足，體驗幫農夫挖地瓜。

我闔上眼。廚房傳來馬克杯清脆的聲響。再過三十分鐘，媽媽和爸爸應該就會返家。

我內心平靜，但我感覺到自己對那名砍傷我的犯人所懷有的怒火、焦急、報復心，仍深深在我心中扎根，便感到鬆了口氣。我絕不讓這股恨意這樣隨風消散。我絕對饒不了他，非宰了他不可。

廚房傳來一陣甘甜的氣味。是可可。最喜歡姊姊了。

這時，我拋向沙發底下的書包傳來手機鈴聲，我睜開眼。

書包正巧落在我手搆不到的地方。本想放著不管，但鈴聲一直響個不停。有人打電話給我。

我暗啐一聲，站起身。從書包裡取出手機。一看上頭顯示，我的手便僵住了。

是久世刑警打來的。

11

「喂，您百忙之中還打電話打擾您，很抱歉。我是前些日子到醫院探望過您的久世美咲。這是小峰小姐的手機沒錯吧？」

久世刑警的聲音就像電話接線生一樣好聽，流暢無礙。不帶一絲悲喜，也不帶半點焦躁。她到底為什麼打電話來，從聲音中完全得不到提示。

「是我的手機沒錯。」

我害怕造成空檔，馬上應道。

「啊，小峰小姐。冒昧打擾，請見諒。可以占用您一點時間嗎？」

「當然可以。」

我一面應答，一面針對久世刑警打電話來的事，在腦中浮現幾種可能性。對我來說，每一種可能性我都無法欣然接受。因警方打來的電話而感到開心，這種畫面我實在想像不出。

我率先想到的，是她打來通知我犯人已經落網。在我所能想到的可能性當中，這是最糟糕的通知。如果警方已拘捕犯人，我就沒機會直接對犯人展開復仇了。我將帶著傷，再也無法讓自己感到暢快。我不要這樣。

但久世刑警卻說：

「我要告訴妳一個不好的消息……」

「咦。」

我忍不住發出開朗的聲音。不好的消息……這是對警察而言吧。換言之，我的獵物還逍遙法外？

「小峰小姐，妳看新聞報導了嗎？」

我轉頭望向電視。畫面上還在延續剛才的話題，一名掘出最大地瓜的小學生正在接受採訪。久世刑警指的應該不是這則新聞吧。

「還沒。」

「今天傍晚，也就是剛才，一名女孩在路上遇襲。」

「……嗯。」

「詳情還不清楚，不過或許和妳遇襲的事有關。突然提出這個要求，真是不好意思，我有些事想問妳。可以現在去妳家拜訪嗎？」

三十分鐘後，媽媽與爸爸回到家中，而又過了三十分鐘後，久世刑警前來。我明明告訴她，可以這就過來沒關係。但久世刑警一聽我說我爸媽還沒到家，便中規中矩地說想和我爸媽見個面，要等他們回來。這是對未成年人的一種顧慮。我心裡明白，但感覺像被看輕，我很不喜歡。

「打擾各位用餐，真是抱歉。」

久世刑警維持之前在醫院見面時給人的印象前來。典型的幹練女人。而且外型出眾。如果她不是穿這一身暗灰色的套裝，看起來應該會更像一名女性播報員，而不是刑警。不過，帶她進客廳後，她並沒有誇張地稱讚屋內的裝潢。

我坐在剛才姊姊所坐的沙發上，久世刑警坐我對面。媽媽短暫消失在廚房裡，接著像在施魔法般，端來三杯咖啡，坐向我身旁。這和妳沒關係吧，快滾一邊去，臭老太婆——我當然不會這麼說。

久世刑警寒暄幾句後，朝矮桌放上一張照片。

「這位是佐久間美月。」

照片裡的人物，是看起來與我年紀相當，一頭短髮的女孩。雙眼皮的小眼睛，薄薄的嘴唇，長得很可愛，但感覺神情有點冷酷。是個陌生臉孔。和葵長得有點相似。

我從照片上抬起目光，發現久世刑警正注視著我，似乎在觀察我的反應。她很希望我能做出什麼誇張的反應。

「小峰小姐，看來妳不認識這個女孩對吧。」

「是的。」

這樣啊——久世刑警一臉遺憾地低語道，從胸前取出記事本。記事本加原子筆？都什麼時代啦？這是在擺某種POSE嗎？

「佐久間美月小姐，十五歲。大約三小時前，在泉町的住宅街遭某人持刀襲擊。與小峰小姐遇襲的事件有不少相通點。」

「請問……」

媽媽突然在一旁插話。媽媽將上頭有精細刺繡的手帕抵向嘴邊，視線投向桌上的佐久間美月。

「這孩子沒事吧？她受了傷對吧？」

媽媽美麗的臉龐，在暖和的照明下，看起來略顯蒼白。內心聖潔的媽媽，在意的不是犯人，而是那名受害的女孩。面對媽媽的完美，久世刑警緊張地應道：

「啊，是的，她沒事。現在在醫院接受治療，似乎傷得不重，意識也很清楚。小峰小姐之前受苦了……」

「不，我現在也沒事了。」

我刻意擠出笑臉。

「不過，我不認識這個女孩。抱歉，沒能幫得上忙。」

「哪兒的話呢。不好意思，為了謹慎起見，可以再幫我看幾張照片嗎？」

久世刑警一面重拾她平靜的笑容，一面取出幾張照片遞給了我。笑容滿面的佐久間美月。身穿制服的佐久間美月。在社團活動的大會中，穿著運動服在跑道上奔跑的佐久間美月。

「真的沒半點印象嗎？」

「……對不起，我不認識。」

我歸還照片，如此應道。

「她是泉高中一年級的學生。比妳小一屆對吧。畢業於泉北國中……」

久世刑警原本望著記事本的雙眼突然往上抬，注視著我。我正面承受她的視線，同時在心中暗忖。

泉北國中是篠田的母校。

怎麼辦？我應該現在告訴她這件事嗎？

「連名字也沒聽過嗎？例如妳朋友的朋友之類的。」

「她和篠田念同一所國中。」

我坦白地說道。因為我研判，這時候就算我沒說，警方應該也很快就能查出。話說回來，或許久世刑警已知道此事，她只是想聽我親口說出此事。可能她想測試我是不是一個會乖乖協助辦案的好孩子。

久世刑警應了聲「啊，是這樣啊」，擺出彷彿毫不知情的反應，朝記事本上寫字。可能是畫下微笑圖示吧。她並沒問篠田是誰。久世刑警似乎明白，我知道她曾去過篠田家的事。

看來，久世刑警已辦完了事。那就是確認我與佐久間美月是否認識，也可能順便確認我與篠田的關聯。

她禮貌性地喝了口咖啡後，將攤開的照片收好，似乎準備起身離開。一旁的媽媽見狀，微微站起身。我看準這最後的機會。

「久世刑警，請問一下，我可以去探望這位佐久間小姐嗎？」

「咦？」

久世刑警以今天最自然的表情，露出納悶之色。

「因為我住院時感到很不安。雖然我無法給她帶來任何鼓舞，但怎麼說好呢……好歹我能陪她說說話。可以嗎？」

「哦……」

久世刑警流露出柔和的笑容。

我化身成關懷那名遇襲女孩的溫柔美少女。

我從視野餘光中感覺到媽媽正面帶微笑。唉，真煩。

「說得也是。我幫妳問問看。」

久世刑警站起身說道。

「這得看佐久間小姐的身體狀況，以及她父母的意願。雖然不知道他們什麼時候會同意，不過我一定會向他們詢問，然後跟妳聯絡。」

12

到了隔天早上，我這才看到佐久間美月的新聞。

播報新聞時當然沒指名道姓。關於被害人的資訊，只提到是家住附近的一名十五歲女高中生。根據手機上看到的網路新聞，可以看出有些報導在暗示它與我那起案件有關聯，但沒提到任何已查明的事證。與昨晚從久世刑警那裡得到的消息相比，沒有更進一步的收穫。

「我送妳上學吧。」

已準備好要出門上班的爸爸，看我很在乎新聞的事，對我說道。

「為什麼？我沒事。我上學去了。」

我拿起書包，頭也不回地走出玄關。不知為何，一面對爸爸，我的叛逆期就會再度重現。不過現在已算是相當溫和了。

在教室裡靠走廊的第一個座位。

篠田一如平時，坐在那個位子上。

雖然光看背影無法說得很篤定，不過似乎與平常沒什麼兩樣。他隔著桌子和站在他面前的島崎交談，背部不時會搖晃。

警方應該還沒去找篠田吧。篠田可能還不知道。不知道昨天那起案件、被害人是國中時小他一屆的學妹，以及我向久世刑警洩漏他們之間的關係。

我略感意外，本以為警方馬上就會向篠田詢問此事。難道篠田這位關係人沒有我想像的那麼重要？

「小峰。」

立川一面從我後方座位叫我，一面用自動鉛筆戳我肩胛骨下方的部位。那短暫瞬間的觸感，喚起我右腰被砍傷時的記憶。我轉頭瞪了她一眼。

「幹嘛？」

「咦？妳在生什麼氣啊？」

「哪有。叫我什麼事？」

「我跟妳說，昨天有個女孩被刺傷。」

「嗯。」

「我認識那個女孩哦。」

我心情馬上好轉，雙手緊緊包覆立川的手。滿懷親近之情。

「然後呢？」

立川以極度不悅的表情將我的手甩開。

「不過，就算說我認識她，她大概也不認識我。有一名曾參加過田徑社的學妹，睽違多年後傳訊息給我。提到被刺傷的女孩，名叫佐久間美月。她因為田徑的關係，小有名氣。而她和篠田念同一所國中呢。」

「這我早知道了，請給我其他獨家消息。」

「咦？妳為什麼知道？」

我用五秒的時間簡短說明昨天久世刑警來訪的事。立川無精打采地應了一聲。她本想第一個告訴我「篠田與佐久間念同一所國中的消息」，但期望落空，似乎頗為失望。

「妳說她因為田徑的關係小有名氣，這是為什麼？她跑很快嗎？」

「在短跑方面可算是一枝獨秀。她入社後不久，我便退社了，所以不太清楚，不過還是聽過她的傳聞。大家都說，泉北國中有個國一新生很厲害。也有人說她長得很可愛。」

「咦，可愛？會嗎？」

我回想照片裡佐久間美月的長相。說可愛的話，是還滿可愛的，但有到口耳相傳的地步嗎？

「小峰妳比較可愛。」

立川以很刻意的語調如此說道。

「妳說誰可愛？」

斜右後方傳來一個聲音，我嚇了一跳。那個位置可說是我的罩門。轉頭一看，發現是由香。由香可愛地噘著嘴，以此表達她的不滿。

「由香早啊。」

我猛然想到，今天還沒跟由香說過話，急忙補上。

「里・奈・早・安！」由香仍在表達她的情緒。

「怎麼啦，由香？心情不好哦。」

「里奈，妳和立川在聊什麼？我從剛才就一直在叫妳耶！」

「不會吧？我都沒發現。」

「真的！我好寂寞哦。」

由香纖細的手臂環住我的脖子。坐著的我，頭部與由香的胸部剛好同一個水平，所以她這樣抱住我，顯得很自然。在朋友間的交往關係中，很愛撒嬌的女孩我向來都不太喜歡，但我容許由香這麼做。就算撒嬌，由香還是懂得彼此保有適當的距離。

「蘆田同學，妳好像很不好伺候呢。」

立川說。

「啥？要妳囉嗦！」

「就是說啊，不好伺候正是由香的優點對吧？」

「里奈，妳好過分哦。妳剛才和立川到底在聊什麼啊？」

「嗯……」

我思考片刻。這件事到底該告訴由香多少呢。

「聽說立川認識昨天晚上遇襲的女孩，她叫佐久間美月。」

「咦！」

由香大叫一聲，聲音驚人。教室裡有好幾人都望向我們。正與篠田在說話的島崎，與我四目交接。

「我也認識那個女孩！我和她同一所國中！」

「咦，由香妳以前也念泉北國中啊？」

「是啊！不會吧，好嚇人，太可怕了！」

「蘆田同學，妳太大聲了。」

由香馬上乖乖壓低聲音，緊靠著立川的桌子，低語似地反覆說著「好嚇人」。儘管嘴巴上說好嚇人、好可怕，但她的音調幾乎和平時說好可愛、好厲害的時候一樣，這時我腦中突然冒出一個無厘頭的想法，懷疑由香該不會是個機器人吧。

「里奈里奈，這麼說來，下手的人跟妳那時候的犯人是同一人嘍？是連續殺人嗎？這也太嚇人了吧？」

「殺人很可怕對吧。」

立川語帶敷衍地說道。

「由香，我問妳，佐久間美月是個怎樣的女孩？她會不會是與人結怨，妳知道嗎？」

「呃，這我不清楚。不過，如果有人怨恨她，那可能會是男生。」

「男生？」

「嗯，她討厭男生是出了名的，很酷呢！」

這時上課鈴聲響起，由香馬上站起身。

「要是能早點抓到犯人就好了。」

由香最後輕摸我的頭，返回座位。

討厭男生有什麼好酷的，我一時忘了問。

「蘆田同學真的很可愛呢。」

立川語帶不屑地說道。可愛的概念幾乎崩毀。

我沒搭理立川，轉身面向前方，這時口袋裡的手機發出短促的震動。有新郵件。

看到上頭顯示的寄件者，我微微睜大眼睛，接著細看郵件內容後，感覺嘴角微微上揚。

是久世刑警。幹練的女人辦事果然有效率。

「我要去探望佐久間美月，妳要一起去嗎？」

放學後，我一時興起，邀立川一同前往。這與昨天我和姊姊那場對話無關。

「探望？這幾天應該沒辦法吧？」

「我已取得美女刑警的同意，她還附上可愛的表情符號呢！」

「嗯……不過算了，我就不去了。我跟她沒交情。」

我頗感意外。原本以為立川受姊姊之託前來監視我，會燃燒起一股使命感呢。可能是看出我的表情，立川補上一句。

「小峰學姊跟我說，我可以不必再監視妳了。妳罵了她一頓，所以她也死心了。看來妳已經被放棄了。」

「或許吧。」

我拿起書包站起身。

久世刑警告訴我怎麼前往那家醫院，我邊走邊查看交通路線。轉乘公車後，大約三十分鐘車程。應該能在四點多抵達。

我收好手機，望向窗外。

風和日麗，清澈蔚藍的晴空，直達九霄。與幾天前相比，感覺白晝的時間更長了。今天完全不會讓人意識到溼氣的存在。一個很適合出外踏青的好日子。

——看來妳已經被放棄了。

我無意識地暗啐一聲。

這句話令我在意，我對這樣的自己感到厭煩。我就像要踩碎石階般，走下樓梯。

13

說到醫院，每一家都是一樣的景致。當真是去到哪兒都一樣。尤其是這股氣味。

我被帶往病房後，第一個見到的人，是看起來比我那完美的媽媽大上十多歲的佐久間美月的母親。佐久間的母親從靠窗的病床走來，頻頻向我鞠躬，充滿熱忱地向我道謝。妳專程前來探望小女，謝謝，非常謝謝，真的非常感謝。她以哭到紅腫的雙眼湊向我，令我有點受到震懾。

她一定是個內心很脆弱的人。因為女兒遇刺，腦中一片混亂，此時要是受一點點刺激，她恐怕就會崩潰。所以現在心中只有感謝。

我很傷腦筋。在這種情況下，該說什麼好呢？請您放心，我會連令嬡的份一起討回公道的，像這樣說嗎？

在我開口說出這種蠢事前，佐久間的母親說她要先離開一會兒，這幫了我一個大忙。我目送她走到門口，把門關上。

「抱歉，我媽很吵。」

從靠窗的病床傳來一個清晰的聲音。

「學姊，妳之前也遇刺對吧？所以妳才來看我是嗎？」

佐久間美月是本人遠比照片還漂亮的美少女。有著不像從事田徑運動的白皙肌膚和纖細的脖子。她在病床上坐起上半身，撫平亂翹的頭髮。

「抱歉，這時候來打擾妳。妳的傷還好吧？」

順著她用學姊的稱呼，我決定用平輩間的口吻和她交談。比起展現自己的輩分，還不如強調自己的友善。不知為什麼，常有人說我用敬語講話很可怕。

「我沒事，只是一點小擦傷。連針也沒縫，其實根本沒必要住院。真是的，閒得發慌。」

佐久間美月露出客氣的笑臉。從她的笑臉中，看不出昨晚看照片時感覺到的冷酷印象。

「啊，不好意思，這裡空間有點小，請坐。」

「謝謝妳。」

我朝床邊的圓椅坐下。

「警方問過話了吧？」

「問過了。昨天晚上和今天上午都有。那位漂亮的刑警來過。聽說她也負責學姊妳那件案子。」

「久世刑警嗎？」

「沒錯，就是她。」

「妳從昨天就接受詢問，可能已經被問煩了，不過我也想問妳幾個問題。真的很不好意思，可以嗎？」

「不，我一點都不在意。請儘管問吧。」

佐久間美月聲音清亮，口齒清晰地說道。我心中對佐久間美月的好感迅速提升。我頗感意外。由香說她討厭男生，有點麻煩，我根據這樣的資訊對她的形象做了一番想像，但與本人差距頗大。在我們這個年紀，會討厭男生往往都是自我意識過於強烈，而且個性彆扭的女生才會有的症狀，看來這純屬偏見。

「妳看到犯人的長相了嗎？」

「不，沒看到。只有短暫的一瞬間，而且對方戴著頭套。」

「然後他馬上就跑走了嗎？」

「是的，他突然從後方撞過來，然後遠遠跑走。仔細一看，才發現自己被割傷了。」

我的提問，警方和久世刑警一定也問過很多遍，但佐久間美月並未露出絲毫嫌棄之色，仍舊很客氣地回答。

「關於犯人的身分，妳心裡可有數？」

「嗯……好像有，又好像沒有。」

佐久間美月抬眼瞧著我，露出淘氣的微笑。

我心想，她應該很受歡迎吧，但她卻討厭男生。原來如此，確實很可能會引來怨恨。

我接連問了幾個問題後，眼看時機成熟，我直接拋出我最想問的問題，同時也是我今日前來的目的。

「犯人可有對妳說些什麼？」

「說些什麼？沒有啊。」

「例如像拉梅爾諾艾利基沙之類的。」

「拉梅爾……？」

佐久間美月一臉不解地側著頭。

「不，當我沒說，妳就忘了吧。」

「哦。」

「妳認識篠田健吾嗎？」

「咦？不，不認識。」

「連名字也沒聽過嗎？」

「不，沒聽過。」

我感到喪氣。

我無比喪氣。我提醒自己別將情緒反映在臉上，這樣對佐久間美月太失禮了。

這股喪氣，是被高高舉起後重重放下的失望。

沒錯。昨天聽說佐久間美月遇襲時，我的心情無比亢奮。多了一個線索，一個可以找到犯人的機會。聽說佐久間美月與篠田有關時，那股喜悅更是激昂。雖然覺得篠田不可能是犯人，但如果之間有某種關聯的話……只要順著這條線找下去，或許就連我也能找出犯人。或許還會比警方早一步。我原本是這麼認為。

「抱歉，占用妳這麼多時間。謝謝妳。」

我緩緩站起身。

「哪裡。啊，學姊，方便的話，可以給我您的手機號碼或電子信箱嗎？因為我們同樣是遇刺的受害人。」

「當然。」

我從書包的口袋裡取出手機。

佐久間美月同樣操作著手機，若無其事地說道：

「學姊，您在調查這起案件是嗎？」

「嗯，沒錯。」

「哦……為什麼呢？」

「嗯，這件事要保密。」

佐久間美月微微一笑。

交換完彼此手機號碼後，我離開病床。

「要是我想到了什麼，會馬上聯絡您。」

佐久間美月在病床上揮著手。

我很欣賞佐久間美月。

我心想，日後向犯人復仇時，會好好連同她的份一起討回。

14

「這麼說來，妳與第二名被害人之間，並無特別的關聯。」

就像要為立川說的話打上休止符般，傳來咚的一聲響亮的踩踏聲。從我坐著的地板傳來震動。抬頭一看，原來是葵展開大動作跳躍。她直直地朝灑落黃色燈光的體育館天花板伸長手臂，用力把球砸落。

現場響起一陣歡呼，還有歡笑和擊掌。其實我原本也應該是其中一員才對。

「沒錯。如果要說共同點，就只有外表長得可愛。」

「這麼說來，犯人果然純粹只是個變態。」

「或許吧。」

我望著遠處展開的排球比賽，頭抵向體育館的牆壁，慢慢嘆了口氣。

這是我以探望的名義，前往向佐久間美月打聽消息後的隔天。第二堂課的體育我在一旁觀摩。醫生吩咐過，拆線後的這幾天要避免激烈運動。一旁的立川則是在摸魚。她說自己球技不佳。

由香的那記發球飛偏了。

可能是陰天的緣故，體育館內的亮光透著昏黃。由香大為沮喪，葵則是在一旁輕拍她的肩膀。一群展現出整齊劃一動作的女孩。像這樣坐著，以較低的視線凝望，會讓人產生錯覺，彷彿眼前是在舞臺上表演的一齣戲。

「拉梅爾諾艾利基沙。」

已不知道是第幾次，我在無意識下脫口低語道。

「拉梅爾諾艾利基沙。」

立川嘆了口氣，跟著我複誦。

多麼茫然、倦怠、遲鈍的感覺啊。

是天氣的緣故、氣壓的緣故、照明的緣故、沒睡飽的緣故。就只有現在。因為各種要素重疊，現在才會有這樣的感覺。

我與存在於自己心中的憎恨情感連結，將內部相連的細部一併喚醒。被刺傷的疼痛、被迫體驗的恐懼與屈辱、對這諸多不便所感到的不耐煩，以及其他的不耐煩。連排球比賽也不能參加，發球明明是我的強項。

我將環在肚子上的左手伸長，撫摸腰傷。清楚的有種不一樣的感覺。我的手指微微使力，一股不舒服的痛楚擴散開來。

「我要宰了你。」

我悄聲低語。

感覺得到立川轉頭望向我。她聽到了嗎？我偷瞄她一眼，加以確認，結果發現立川以超乎想像的認真表情……往後退開，我心裡急了起來。

「不是……」

「里奈！」

由香在球場上叫喚，用力朝我揮手。我也面帶微笑地朝她揮手。

「妳有好好觀摩嗎？」

體育課來到尾聲時，可能是排球打膩了，由香一直在跟我說話，對方那隊無法發球，不知如何是好。由香真是個令人頭疼的女孩。

葵拉著由香的運動服，要她把注意力移回球場上。

「立川一定是在摸魚。」

由香說道。連我們這裡都聽得到，她一定是故意的。立川嘀咕一聲「囉嗦」。

咚的一聲，地板傳來震動。聲響幾乎都是葵所發出。可能是練劍道的習慣，葵在踏步時特別用力。

望著精力充沛的葵跳來跳去，那模樣與昨天躺在醫院白色病床上的佐久間美月重疊。果然很像。不論是髮型、身體曲線，還是體型。佐久間美月什麼時候才能重回田徑社呢？

驀地，我察覺外頭一陣喧鬧。

我們所在的牆壁對面，是一處位於體育館和食堂中間，設有自動販賣機的一處小空間。應該是男生們從操場返回。我記得這堂課男生們上的是足球。聽見喧鬧的說話聲。我不經意地聽到他們的談話。

「這次光屬性的報酬是……」

「對對對，那很強呢。」

「不過，要打進前五百強很難呢。我上個月也儲了不少錢，差點被我爸媽宰了。」

那個笨蛋島崎的聲音衝破喧鬧傳來，聽得特別清楚。島崎真是個傻瓜。聲音朝我接近，接著又緩緩遠去。

真是一片祥和啊。我們這邊的體育課應該也快結束了。經這麼一提才感到飢腸轆轆。今天午餐是媽媽做的便當，裡頭應該有黃金煎蛋。雖然我喜歡吃不帶甜味的。

在這片平靜的氣氛下，我隱隱感到一股焦躁，同時閉上眼。

「啊……我的艾利基沙不夠用啊！」

我猛然睜眼。

艾利基沙。

拉梅爾諾艾利基沙。

「喂，剛才那是……」

在立川開口的同時，我站起身，順勢往前奔去。

從體育館敞開的門衝往外頭。室內用的運動鞋踩向沙地，發出沙的一聲。我看到聚在自動販賣機前，一群穿著藍色運動服的男生。其中一人是篠田。

「小峰？」

篠田驚訝得停下動作，我不予理會，環視四周。

找到了。

就在通往校舍的遊廊前。邊走邊拍著雙手，誇張地大笑，那身形就像猴子。

「島崎！」

我大聲叫喚，朝他奔去。要避免做激烈運動？是誰說過這句話？島崎因我的聲音而轉頭，這時我剛好追上他，雙手一把揪住他藍色運動服的衣領。

「島、崎！」

島崎一臉驚詫地望著我。

「咦？咦？小、小峰？」

我緊盯著他的臉，努力調勻凌亂的呼吸。跑了數十公尺，令我上氣不接下氣。我現在身體變得好虛弱。

「你剛才說什麼？」

我好不容易才擠出聲音來。

「咦？我剛才？」

「你剛才不是在說話嗎？你說了什麼？」

「啥？不，我什麼也沒說啊！真的。我真的只是在談電玩的事！沒有說女生壞話！」

「所以我問你剛才說了什麼嘛。」

這樣問話不行。

我深吸一口氣，將氧氣送入腦中。

冷靜下來。沒事的，島崎不會跑掉的。我不會讓他跑的。

「你不是說艾利基沙嗎？」

「咦，哦……所以我才說我們在談電玩的事，Dragon's Frontier。」

「是遊戲？它出現在遊戲裡嗎？艾利基沙是什麼？」

「小峰。」

轉頭一看，立川也追了過來。

「艾利基沙是什麼？」

「是遊戲中的回復道具！妳們兩個是怎麼了？妳們也玩電動嗎？」

島崎狀甚痛苦地說道。我揪住他衣領的雙手似乎太過用力。我鬆手。

「沒有。」

「遊戲裡的道具？」

「嗯，是回復道具。能將行動力和攻擊計量全部恢復。」

我朝立川望了一眼，她和我一樣納悶不解。島崎說的應該是最近流行的社群網路遊戲。有一陣子我也看葵玩過。我對那方面完全外行。

「怎麼啦，島崎，你被勒索嗎？」

「我也不清楚。我這樣算是被勒索嗎？」

四周的人開始往我們聚集，看了就煩。我思考片刻後問道：

「島崎，你知道拉梅爾諾艾利基沙嗎？」

「拉梅爾？妳是說弗拉梅爾嗎？」

就在這時。

「啊！」

有人在我耳邊大叫一聲。

那是在平時生活中很少聽到的驚人音量，我因衝擊而一陣踉蹌。島崎也叫了聲「噢」，一屁股跌坐地上。我覺得他的動作實在太誇張，但現在根本無暇理他。我望向發出聲音的人。是立川。

「帥呆了！」

立川雙目圓睜，大聲叫道。

「帥呆了！我搞懂了！我終於搞懂了！小峰！我懂了。帥呆了，帥呆了，怎麼辦！我搞懂了！」

立川抓著我的肩膀跳個不停。這時她已完全看不出文學少女的影子，我只覺得「啊……好懷念」。這是在國二突然性格大變之前，田徑社時代的立川。當時她的口頭禪就是帥呆了。

「立川，妳冷靜一點。妳到底搞懂了什麼？」

「弗拉梅爾！是尼古拉．弗拉梅爾！艾利基沙，原來是這麼回事，為什麼我之前都沒發現呢！所謂的拉梅爾諾艾利基沙，也就是這麼回事。」

倒在地上的島崎像被嚇傻似地低語道。立川這才突然驚覺，把嘴閉上。

「立川聲音好大……」

在場所有人都望著立川。這也難怪。這所高中同屆的學生都只知道立川文學少女的這一面。冰冷、不解風情、聰明。而剛才那聲大叫，應該連體育館內的人也聽到了。

立川一把抓住我的手臂，轉身就走。我乖乖讓她牽著我走。我聽見島崎在我身後抱怨道「小峰，妳這是在搞什麼啊」，但我一點都不在意。雖然感覺到有數道目光往我身後投射，但我一點都不在乎。

立川來到體育館的門後停步。她轉過頭來，兩頰略微泛紅。自我意識太強，還真是辛苦呢。我覺得這樣的立川有點可愛。

「我明白拉梅爾諾艾利基沙是什麼了。」

立川緩緩說道。我朝她頷首。

「應該是指賢者之石。」

15

賢者之石。

中世時期的歐洲，有許多鍊金術士將一生全奉獻在賢者之石的煉製上。這種奇蹟之石，擁有將普通金屬轉化為黃金的力量。

它另外有艾利基沙（Elixir）、紅藥液（Tinctura）等稱呼，有人說它甚至能讓死者復活、擁有長生不老之力、在天空飛翔，簡直就是魔法石。

立川是從《哈利波特》系列中得知此事。

「尼古拉．弗拉梅爾是號稱成功煉製出賢者之石，實際存在的鍊金術士。」

我隨口附和，目光在電腦畫面上游移。

自習室裡只有我和立川兩人。上完體育課後，我連細細品味便當的時間也沒有，草草吃完便馬上來到這間不會被人打擾，可以靜下心好好上網的自習室。我沒想到立川也會跟來，而午休結束的鈴聲響起後，她仍沒離開的打算，這更令我意外。午休後的第五節課應該是古典文學。文學少女照理是不會蹺這門課的。

「沒關係嗎？」

「什麼？」

「開始上課了。」

「那妳呢？午餐吃到一半突然離開，妳那些好夥伴都盯著妳瞧呢。」

立川這句話令我為之皺眉。

年輕女孩之間無聊的不成文規定。不過，現在的我無法對它視若無睹，這也是事實。被立川指出這點，我略感屈辱。立川總是都獨自坐在位子上吃午餐。我曾經想過，立川之所以擺出文學少女的架子，或許是為了與女生的這種社交方式保持距離。

「沒關係，還有葵會陪著我。」

我講出自己所信賴的朋友名字。

對我來說，光是這樣就已經算在向人示弱了。不過我還是想結束這個話題。沒錯，比起女生之間那無比纖細，令人在意的交友關係，有件更重要的事在等著我。

那就是復仇。寧可犧牲實際的生活，這或許真的有點病態吧。姊姊的臉龐浮現我腦中。

立川蹺著腿坐在隔壁的椅子上，趾高氣揚地盤起雙臂，盯著我正在操作的電腦螢幕瞧，我則是不時偷瞄她。難道她是在替我擔心？

我吁了口氣，將視線移回螢幕。

賢者之石。艾利基沙。深紅如血的石頭。

鍊成黃金。長生不老。神蹟。

感覺得到她的目光正迅速掃過我用尼古拉．弗拉梅爾和艾利基沙搜尋到的資訊。

很棒的魔法石。OK。然後呢？

犯人對我說——這都是為了拉梅爾諾艾利基沙，抱歉。

如果這指的是弗拉梅爾的艾利基沙，那我不就是為了這宛如夢幻般的魔法，而被人在腰部砍了一道縫了九針的刀傷？這實在讓人很想罵一句Fuck。

立川似乎也有同感。她在椅子上微微坐正後說道：「嗯……難道犯人是個奇幻系宅男。」

「不過，為什麼襲擊女生是為了艾利基沙呢？」

「不知道。」

雖然這麼回答，但我有我的想法。

一聽見「賢者之石」、鍊金術，立川首先想到的是《哈利波特》，島崎想到的是Dragon's Frontier裡的回復道具。我則是想到媽媽上班的研究室，吉野教授那副玳瑁眼鏡。兩年前第一次見面時，吉野教授對我說過，他是現代的鍊金術士。

「看來，犯人果然是個頭腦有問題的變態。」

立川的聲音帶有些許同情之色。這聽在我耳中，有種像是在勸說，也像是試著要說服我的感覺。這一定就是她善良的展現。

「或許是吧。」

我語帶嘆息地說，試著裝出意志消沉的模樣。我不想告訴她吉野教授的事。

立川俐落地站起身，舉起雙臂，伸了個懶腰。

「在下一堂課開始前，做什麼好呢？」

她以開朗的聲音說道，走向窗邊，打開窗戶。雖然一樣是濃雲密布，但剛才籠罩的雲層已經由厚轉薄，亮度增加不少。我凝望著立川的背影，以及她前方那片無垠的白色天空。

我心裡盤算著該什麼時候去見吉野教授。

16

最後，我決定等到隔週的星期六。

主要是因為我不想讓媽媽知道。如果是星期六，媽媽休假，但教授在那天上午有一堂課要上。是針對終生學習者舉辦的公開講座，不需要事先申請。我以吉野教授的名字加上大學校名上網搜尋，第一個出現的大學網頁上，從課表到學校課堂的詳細地圖全都好心地附在上頭。我可以耐心等候講座結束，也可以直接參加講座。當我看到網頁上列出下次講座的預定主題時，忍不住嘴角輕揚。

——中世紀的科學與魔術。

接下來這幾天，我都以平靜的心情度過。

目標確立後，果然心情也會跟著穩定。放學後，我睽違多日，再次與由香一同返家，並順道繞往很久以前便說好要一起去的可麗餅店。由香和我都很開心，我們像剛交往的情侶般，緊黏著彼此而行。這種完全不帶半點性欲，只有女生之間才准許有的甜蜜關係，我並不排斥。小時候我常和姊姊或其他朋友這樣嬉鬧玩樂。而現在我周遭能陪我這樣玩的人，就只有由香，這一定是因為我還沒完全擺脫這樣的幼稚。而就由香來說，她可能本性就是如此。

星期四時，與我交換過電子信箱的佐久間美月寄來一封郵件，告訴我她出院的事。還邀我下次一起喝咖啡，看起來似乎一切安好。她是個擅長交際，又懂禮貌的好女孩。我馬上回信說好。這是真話還是客套話，我自己也不知道。

在選擇發送之前，我猛然想到一件事，補加上一行文字。

——M大學有一位教文化人類學的吉野教授，妳知道嗎？

她馬上回信。

——吉野教授我不認識。不過，我堂姊就讀M大學的英文系，我去問問她吧？

那天晚上，我從房間衣櫥裡堆疊的一個鞋盒中，取出一百一十萬伏特的電擊槍。

記得最後一次用它，好像是兩年前。收藏時我事先取下電池，所以現在我重新裝上剛買來的新電池。我伸直手臂朝向房間中央，按下開關。發出啪嚓啪嚓的激烈聲響，前端的電極間出現一道銀光。OK，一切正常。我馬上關閉開關。

我並非真的想將吉野教授電暈，我可不想在人多的課堂裡做這種蠢事。我只是想問他一些事。

假設我遇襲與賢者之石有關，而這又與吉野教授的專業領域有很深的關聯，那麼，吉野教授就是犯人嘍？要是有人這樣問我，我應該會加以否定。從身高、體型，還有聲音來看，至少他應該不是正犯。或許每一項都做了某種程度的掩飾，但還是有其限度。那纖瘦的體型，不穩定的高亢聲音，怎麼說都比較符合學系裡學生的形象。

我只是想問話。電擊槍純粹是為了保險起見，或是當護身符。說明書上也寫得很清楚，這是做為護身之用。

我將事先備好的空罐抵向電擊槍的電極處，讓蓄積的電傳導而出，同時躺向床上。我闔上眼，感受自己此刻的心情。感覺心平氣和。

「里奈，可以去洗澡嘍。」

「好——」

面對從門外叫喚的姊姊，我極力以悠哉的聲音回應。之前我使用電擊槍時，姊姊也覺得有趣，但現在我一定會挨她罵。她已成了一個無趣的女人。

我高高抬起雙腿，藉由反作用力坐起身，將電擊槍收進抽屜裡。正當我拿起要換上的衣服，準備離開房間時，枕邊的手機傳來震動。我伸手拿取，同時有股不祥的預感。

來電顯示是久世刑警。

最令我驚訝的是，被視為第三名受害者的女孩，長得一點都不可愛。

大山彩乃，十六歲。是就讀私立女子高中的高二生。

眼皮浮腫的內雙，加上泛白的脣色。因為我們同是女生，而且又同年，所以會用較為嚴苛的標準來看待，這也是無可厚非，但就算是這樣，她還是稱不上可愛。那頭給人沉悶之感的黑髮，光看照片就知道平時維護得不夠周到。或許她這樣才算是真正的文學少女呢。我暗自在心中對立川這樣低語道。

「今天下午四點左右。地點在市內圖書館後院。不過詳情還不清楚，因為被害人尚未恢復意識。」

「她的傷……有那麼嚴重嗎？」

「因為發現得晚，所以情況不太妙。那地方平時好像沒人行經。不過聽說已度過危險期。」

我緩緩將照片遞回給隔著桌子與媽媽交談的久世刑警。

「這女生我一樣不認識。」

「這樣啊……我明白了，謝謝妳。」

久世刑警朝我露出沒什麼精神的微笑。現在是晚上十點。她眼尾的動作顯得比平時還要沉重。看來，在趕來這裡之前，她抽不出時間補妝。

和上次一樣，問完話後久世刑警馬上起身離開，我和媽媽送她來到玄關。

「這麼晚還來打擾，真是抱歉。」

「哪兒的話，沒能好好招待您，我才抱歉呢。」

媽媽與久世刑警在同一個時機以同樣角度低頭行禮。我就只是呆立一旁，斜眼望著媽媽那憂心忡忡的神情。

「里奈。」

「啊，什麼事？」

久世刑警第一次直呼我名字，我嚇了一跳。

「不好意思，一直遲遲沒能逮捕犯人。請妳再等一陣子。」

「啊……好。」

久世刑警消失在玄關外。而我站在門後隱約可以看到的警車駕駛座上，還坐著另一名刑警。大家真是辛苦了。

「大家都很辛苦呢。」

媽媽在我身後低語道。

不經意浮現我心中的感想，此時經由媽媽口中深有所感地說出，使我略感歉疚。媽媽雙手緊緊環抱住我的肩膀。

「好在里奈妳平安無事，這次要是那女孩也能一切平安就好了。」

善良的媽媽。完美的媽媽。

說到我對那名被害人的感想，就只有「這次是個醜女呢」。儘管握有能做為破案提示的線索，我還是沒跟一臉憔悴的久世刑警提，也無視於媽媽為我的擔心難過，依舊打算在星期六持電擊槍潛入大學校園。真是個壞女兒。所以我希望最喜歡的媽媽不要那麼關心我。

妳明明就不愛我。

我摟住媽媽的腰，牢牢抱住。

「媽，妳就是愛瞎操心。沒事的，這種事不會那麼輕易發生。」

最近當我刻意向媽媽撒嬌時，似乎會無意識的以由香當模仿對象。連由香的心機也一併模仿，裝出一副壞人樣，以此為樂。

「……嗯，里奈，妳真善良。」

「嘿嘿。啊，糟糕，我忘了洗澡。再不快點，明天會睡眠不足。」

我如此說道，離開媽媽身邊，同時慢慢細想剛才久世刑警說的話。

市內圖書館的後院。

設有庭院的大型圖書館，市內只有一家。明天，明天，明天的課，嗯，應該沒問題。那我明天就去看看吧。

我喜歡背叛媽媽。

17

有種名為「Great Mother」的概念，那是人們心底對偉大母親所認定的形象。

母親擁有兩面性。

對孩子慈愛、守護、溫柔的母親。

以及對孩子支配、剝奪、可怕的母親。

小孩要脫離母親的庇護，斬斷母親的咒縛，體驗過精神上的弒母經驗，才能自立成為大人。

語出榮格[2]。

我對媽媽的反抗心和微微的殺意，就像榮格大師所說，似乎是很普遍，而且其來有自的青春期情感。

2. Carl Gustav Jung，卡爾．古斯塔夫．榮格，分析心理學的創始者。

不過媽媽沒支配我，也沒剝奪我的一切。

媽媽並沒特別愛我。

這是我小學幾年級發現的呢？感覺像是小一，也像是小六。當時我理應大受衝擊才對，但當時的記憶卻很模糊。

如果是不信任感，從老早以前就已不斷累積。

例如她買給我的衣服，都是我討厭的顏色；我生日派對上的菜色，都是我討厭吃的；烤給我當點心吃的餅乾，也是我討厭的形狀。

說什麼任性的話啊，臭小鬼——有人會這麼說我對吧。

錯了，過去發生的每一項小插曲根本都不重要。我其實沒那麼討厭橘色裙子，生日時其實也不是那麼想吃漢堡肉。吃貓咪形狀的餅乾會覺得可憐難過，而真的感到排斥，其實也只有幼稚園前的那段時光而已。

不過，媽媽給我多到快溢出來的親情，卻感覺很巧妙地從我身上穿透而過。例如視線、口吻、手指的動作。生活中投射出的這些微不足道的愛情信號，都往不是我的某個東西飛去，我平日用身上的某個觸角去感受這一切，一再累積，而某天我終於發現。

媽媽的愛情完全從我身上穿透而過，投向「媽媽的女兒」這個假象。

媽媽愛的不是我，而是「自己的女兒」這樣的角色。

是用來替完美的媽媽做點綴的裝飾品。

媽媽眼裡根本沒有我。

認清楚這點後，我大受震撼，但很快就又重新振作。

為什麼？只要我以媽媽的女兒這樣的身分受她關愛，這樣不就行了嗎。

完美的媽媽呈現出完美媽媽的形象，完美的媽媽當然深愛著女兒，為了這個目的，需要我這樣的對象。

OK、OK。為了我最喜歡的媽媽，我就提供媽媽喜歡的我吧。

暫時先配合。

我一直希望有一天能擋在媽媽所愛的「媽媽的女兒」人像前。這算是復仇的欲望，還是榮格所說的精神上的弒母，或者單純只是想整人，我不清楚。總之，我很想告訴媽媽，之前妳一直相信是完美媽媽的完美女兒，而持續投注慈愛的對象，其實擁有復仇癖、嚴重的劣根性，以及極度的自戀癖，這就是我。我想砸毀媽媽一手建立的完美家庭。想親眼目睹屆時媽媽會是何種表情。

然後就像媽媽以前念給我們聽的繪本中會出現的可怕魔女一樣，我將朗聲大笑。

妳終於發現了嗎，真是個笨女孩！

嘿嘿嘿嘿！

18

隔天一早，我一如平時準備妥當，照平常的時間出門。一如平時走在通往公車站牌的路上，但來到幾個星期前我遇刺的那處轉角，我往左轉，偏離我上學走的路線。走了約莫三分鐘後，我來到以前和姊姊一起玩，然後和一群陌生女孩吵架的那座小公園。

我坐向那兩個並排的鞦韆，從書包裡取出手機，從聯絡人裡點選撥打。那是高中教職員室的專線電話。

「喂，抱歉打擾。我是小峰的母親，謝謝您平時對小女的關照。」

哦，您好——傳來一個緩慢的聲音。這聲音是我現代國語課的老師木野。我有自信絕對不會被識破。我對模仿人的聲音深具信心。比起聲音，我的音調模仿更是惟妙惟肖，這才是秘訣所在。「小女有點微燒」，我開始談正題，木野馬上回答「啊，是是」，便順利地談完請假的事。根本就小事一樁。好久沒模仿媽媽打電話請假了，心中興起一股解放感，開心極了。

我掛上電話，伸了個懶腰。抬頭一看，天空無比蔚藍。只有屈指可數的幾朵白雲。周圍人家不斷傳來居家生活中的各種輕細聲響，但看不到人影。我細細感受那舒服的孤獨感，心不在焉地打發時間。

各種念頭從我腦中閃過，沒戴隨身聽，光憑腦袋聆聽音樂，時間過得飛快。我以手機確認時間，得知現在是九點十分。上午第二節有課的姊姊，應該也已出門了。我離開鞦韆，朝公園的出口走去。我聽著身後鐵鍊發出陣陣刺耳的聲響，引人鄉愁，於是順著回家的路折返。

破洞丹寧裙、白T恤，披著灰色豹紋圖案的開襟羊毛衫，搭上我上個月才買的運動鞋。我的髮色原本就淡，只要穿上便服，常被誤認為是大學生。我將脫下的制服重新掛進房內的衣櫃。今天是星期五，姊姊應該是快晚上才會到家，只要在傍晚前趕到家就天下太平。我也沒多想，直接就將電擊槍塞進黑色皮革包裡，再次步出家門。

真懷念。

來到離車站搭公車約十五分鐘車程，地理位置諸多不便的圖書館前，我心中浮現這種感想。小學遠足時曾來過這裡。之後國中時還來過一次，應該是為了某個活動前來。

以深灰色當基調，用不同質感的素材像馬賽克般拼湊在一起的建築。依外頭的金屬門牌來看，它已將近有五十二年的歷史，可是卻不會給人老舊之感。從正面大門直直往裡看，可以看出這棟遠離大樓林立的市中心，占地遼闊的三層樓建築，呈現出左右不對稱的曲線。

走進大門後，望著一旁的停車場，走在步道上，穿過入口、大廳，接著又走過兩道自動門，呈現眼前的是給人暖意的木地板。讓人聯想到在學校圖書館的平靜氣氛，外加一股老舊紙張的氣味。櫃檯裡坐著慵懶的圖書館管理員，前方擺著低矮書架的雜誌區，看到幾名坐在舒適的沙發上享受優閒的老人。我從入口處左轉，漫步在整排書架間。有繪本區、醫學書區、小說新書區。雖是平日上午卻相當熱鬧，我與幾名挑書的客人擦身而過。

花了幾分鐘的時間，我才繞完這層樓一圈。二樓似乎也是同樣的隔局，應該有影像類的視聽區。而上面的三樓，則有出租會議室和視聽室，是可以舉辦活動的樓層。我判斷那裡沒必要去，於是又從入口走出戶外。至於後院，要是不從外頭繞著建築走，一般人根本就到不了。穿過一個留下複雜的黑影，不太起眼的現代藝術作品，我朝草木氣味濃烈的方向走去。

前方拉起禁止進入的黃色封鎖線。

面對那阻止人們前進的封鎖線，我沉思了片刻。

為什麼總覺得不對勁。發生至今才短短一天。就算現場仍未解除封鎖，應該也沒什麼好納悶的才對。

我想起昨天久世刑警說的話。那名不太可愛的被害人大山彩乃，她遇襲的地方就是從圖書館後方入口往外延伸，就像要包圍整座圖書館般，蔓延得又長又廣的常春藤所形成的拱門內。

植物的拱門，聽起來真酷。第一次聽聞此事時，我心中那少女的部分確實是這麼想，但該怎麼說好呢……現實可沒那麼美好。

常春藤的繁殖力簡直就像惡魔。倒不如說它展現出外星人般的氣勢，在黃色封鎖線前方，那團遠遠就看得到的綠色植物宛如某種肉食動物。現在這時節，應該是百花綻放的初夏，但是卻看不到其他該有的植物。一定是被常春藤吸光了養分，纖細的植物全死光了。乾涸的噴水池和倒地的方尖碑，彌漫著一股廢墟般的氣氛。園丁一定也死了。也許常春藤連園丁也吃了。剛才看到的那座維護得很美觀的圖書館建築，與這裡形成強烈的落差。

大山彩乃為什麼會來到這處荒廢的庭院呢？

不過，我並不想認真思考這個問題，因為有時候難免會突然一時興起。那種被廢墟吸引的心情，應該沒有人不懂吧。想獨自闖進後院的心情，不需要什麼具體動機吧。

我重新定睛望向眼前的黃色封鎖線，被迫作出決定。

不理會這禁止進入的限制，會觸犯什麼罪呢？六法全書上有明文規定嗎？不該跨越這黃色的封鎖線。跨越的話，罪有多重？

看起來後院裡頭空無一人。刑警和鑑識課的人，在這裡能做的事都做完了吧。也是啦，又不是在這裡發現屍體。沒錯，這並不是殺人之類的重大案件，只是小小的傷人事件，所以應該沒什麼大不了。就只是拉起封鎖線，禁止人們進入，現場完全沒人站崗就是證據。換句話說，我不過是看一下案發現場罷了，應該不會有問題。只要裝不知道就不會有事。要是挨罵再道歉就行了。ＯＫ，ＧＯ！

大山彩乃是在哪裡被刺傷，要找出確切地點並不容易。

拱門不時會中斷，但它就像沿著圖書館的背脊一樣，一路綿延。靠近一看發現，那常春藤益發顯現出不祥之氣，布滿濃密樹葉的拱門宛如被侵蝕一般。從稀疏的乾枯脫落處，露出鐵質部位，看起來就像肉被啃光露出肋骨似地，無比陰森可怕。那草葉的熏人氣味，極力阻擋外人走進其中。

我牢牢踩在雜草上，視線在地上游移，找尋有沒有能成為這起案件記號的東西。緻密的陽光穿透案發現場外茂盛高大的樹木，落下的影子在土地上搖曳。

我在腦中描繪地圖。如果再繼續往前，應該可以抵達與正面入口隔著一棟建築的正後方才對。

我不經意地抬頭，望見圖書館建築的三樓部分。那裡往後院的方向凸出，玻璃窗內可以看見人影。應該是展望臺之類的吧。我都不知道有這種東西呢。倘若有人一時興起低頭俯瞰庭院，應該就會看到我吧。

我拿定主意，微微閉住呼吸，衝進那片濃綠中。

感覺拱門內的溫度比外頭還低上兩、三度，但沒有原本想像中的壓迫感。與外頭給人的印象不同，裡頭就算敞開雙手也還有足夠的空間，而且看起來很緊密的綠葉，也充分讓初夏的陽光透射進來。斑駁的光點落在我腳下。

我用更緩慢的速度邁步前行。大山彩乃之所以走進拱門內，或許也是像我一樣，想避人耳目吧。若是這樣，她遇襲的現場或許離此不遠。

走著走著，我多次在地上發現黑色的積水，但那真的只是一般的積水。它周邊潮溼，散發熏人的臭味。等到了夏天，肯定會生出大量黑斑蚊，足以把我全身的血都吸乾。

我替大山彩乃覺得可憐，竟然在這種地方遇刺。

獨自在荒廢的庭院裡遊蕩時，卻有別人跑來礙事，真是悲慘。今後就算再發現一處漂亮的荒地，她恐怕也無法再獨自前往了。因為恐懼和心理創傷。我想起咪娜，那隻怕生又膽小的貓。

犯人為何要對大山彩乃下手呢？是看到她走進無人的場所，這才臨時起意嗎？還是說，犯人一直在找機會下手？如果說，這也是那個叫什麼賢者之石的奇幻迷所做的犯行，他鎖定目標的方式真是匪夷所思。難道是專挑看起來文靜的女生？如果把在圖書館遇刺這件事算在內，大山彩乃和立川都算是臉色蒼白的正統文學少女。不過，要是遠看的話，或許兩人非常相似。雖然不清楚大山彩乃的身高，不過知道她留著一頭烏黑長髮，外型樸素。經這麼一提，佐久間美月和葵也有幾分相似。她們全都長得像我的朋友……

突然傳來一聲清亮的咔嚓聲。

我原本陷入思考中的意識再度被拉回。我抬起望向腳下的視線。拱門內是各式各樣的綠。

我停下腳步，豎耳細聽。

沒聽見樹葉摩擦的窸窣聲。但我剛才確實聽到了，一個清亮的聲音。是金屬聲嗎？

我暫時按兵不動。是我多心了嗎？正當我心裡這麼想時，傳來沙的一聲踩踏沙石地的腳步聲。

我後方有人。

我站著不動，轉頭而望。我剛才走來的是一處彎曲的隧道，所以只看得見前方數公尺遠的景物。對方應該在更遠處吧。

又傳來一陣沙沙聲。我邁開步伐，遠離那個聲音。動作迅速，但安靜無聲。是警察又折返了嗎？

但沒聽到說話聲。從聲音的數量聽來，對方只有一人。只有一名員警前來，想幹什麼？

會是圖書館的職員嗎？還是那位還活著的園丁？可是庭院入口處拉起禁止進入的封鎖線，大人可以這樣擅自跨越封鎖線嗎？

我的心臟噗通噗通直跳。全身肌肉緊繃，雙腳無法動彈。又傳來腳步聲，對方也持續在走動。難道他發現我在這兒？

我強烈意識到包包裡那把電擊槍的存在。我右手伸向包包拉鍊。但我拿出那個東西後，要是發現對方是警察的話怎麼辦？如果是圖書館職員呢？如果是和此事無關的一般民眾呢？

但最後我還是從包包裡取出那把黑色物體。右手緊緊握住，拇指按向開關。我體內的危險訊號響個不停。我想起曾在某個地方聽過的一句話：「犯人會重回現場」。

因為，對方如果是無辜的普通人，為什麼得這樣屏氣斂息？

我彷彿能感覺到對方步步逼近的呼吸聲和緊張感，也許對方也接收到我發出的緊張感。

從樹葉間形成的縫隙處射下一道陽光，我以視線順著它望向外頭。圖書館的建築，小小的窗戶等間隔地排列。我一路從玄關走來這裡，已繞過正後方的牆壁，似乎來到側面的轉角處。

我將目光移回正面，前方約十公尺處，有一處拱門的缺口，如果是同樣的構造，那應該是會有兩公尺左右的間隔，然後連接下一個拱門。

我一時感到猶豫，不知該往外走，還是繼續往庭院深處的終點前進。我回身而望，還沒看到人影。由於心跳聲喧鬧不已，我一時聽不出腳步聲。耳朵變得太過敏感。感覺好像聽到踩踏泥土的聲音，但也可能是自己神經過敏。怎麼辦？要乾脆用跑的嗎？

不知道是什麼原因，我突然跌了一跤。待我回過神來，右膝已抵向地面，我猛然伸出雙手，阻止了臉部直接撞向地面。我緊握電擊槍的右手，手腕直接撞地。我像傻瓜似地，柔弱地叫出聲來。

可能是因為這個緣故，我明白眼前的平衡就此瓦解。背後傳來聲音。對方往前疾奔。

我馬上站起身，順勢往前衝。蹲踞式起跑。對方應該也發現我跑走了。已沒必要隱藏呼吸，我卯足全力往前奔去。從拱門的缺口處往外衝，以最短距離離開這處庭院。先到有人的地方去。

我打算從有明亮日照的出口衝出這裡，而就在這時——

眼前擋住一個人影。

從明亮轉為黑暗，視野瞬間切換。

我像被彈開似地停下腳步，在這股反作用力下，仰身倒下。重重一屁股跌坐地上。衝擊力道貫穿全身，但我勉力抬起頭，捕捉到對方的臉。

一看到那張臉，我差點笑出來。

因為那真的太誇張了。

完全漆黑。

灰色的連帽底下……是黑色的面罩。

不會吧？

活像是連續劇、話劇、搞笑短劇。

這實在太好笑了。

但從我口中湧出的，卻是刺耳的尖叫。

人影朝我走近一步。

我的視線捕捉到他的全貌。灰色的連帽衣，藍色的牛仔褲，手中握著刀子。

刀子！

我差點又笑出來了，但取代笑聲的，卻是尖叫的驚人音量。我明白自己的聲音令四周為之震動。就像被聲音所觸動般，那人影舉起他握緊刀子的手。朝我又走近一步，而想站起身的我，卻只能在地上滑行。為什麼？

這不是真的。不是真的。因為眼前的情況太不真實了。

而且，如果這是真的，我將會在這裡被殺。

我會被殺。我不要！要是被殺，就沒辦法報仇了。

肺裡的空氣全被尖叫給耗光，我一面為了呼吸而喘息，一面隔著刀子，抬頭仰望對方的臉。黑色的面罩，從洞中露出一雙眼睛。

那雙眼睛黑暗而溼潤。

我猛然驚覺。

那是淚！

我的個性不好，與「堂堂正正」這種人格相去甚遠，與「聖潔」更是八竿子打不著關係，所以當我看到那個人溼潤的雙眸，從中看到他潛藏心中的畏怯以及他的眼淚時，我心中燃起一把火。

我覺得有希望打倒他。

那是被霸凌者的眼神。

這傢伙很懦弱。

我能打倒他。

在身為復仇之子的我面前，露出這種眼神的傢伙，根本就是獵物。

我重新握好右手的電擊槍，猛然一個扭腰，滑進對方腳下左側。然後將電擊槍前端使勁抵向對方牛仔褲的腳踝部位。之後就像昨天練習那樣，按下開關。瞬間發出一陣啪嚓聲響，

倒抽一口氣的聲音以及慘叫聲傳來。對方遭受電擊的左腳像彈開似地高高揚起，他失去平衡，不住蹬地，持刀的右手垂落。我看準機會，一躍而起，對方沒跟上我的動作。看來，戴著面罩似乎會影響視線，真是個傻蛋。我把手一伸，對準他的右臂和手腕按下開關。但我一時太急，時機沒掌控好。在電擊擊中對方之

前，他因聲響而大吃一驚，急忙抽手。不過我只有短暫的瞬間感到不妙，當對方手中的刀子脫手時，我的嘴角泛起笑意。看來他嚇了一大跳，這聲響確實很可怕。微蹲的我比他早一步撿起刀子。對方無法恢復平衡，開始頻頻後退，我緊盯著他，思考著接下來要攻擊哪個部位，感到遊刃有餘。皮薄的地方似乎特別痛，說明書上是這麼寫的。

我瞄準對方的脖子，站起身。接著手臂一伸，按下開關。閃光炸裂。對方抬起雙臂防禦。我不予理會，用力往前戳，將電擊抵向他手臂。啊——這次他清楚發出慘叫，翻了個筋斗，仰身後倒，一面緊按手臂，一面在地上爬行。

那裡正好是拱門的出口，耀眼的陽光照著那名發出呻吟、狀甚痛苦的人。我也跨步走進亮光中，俯視那名倒地的人物。好溫暖。感覺我噗通噗通的心跳與眼前這暖和的陽光很不搭調。

搞什麼，沒想到這麼簡單。

好了。

我深吸一口氣。

接下來做什麼好呢……

「里奈！」

我聽到那近乎尖叫的叫聲。

我抬起頭。

姊姊站在拱門外。

姊？

為什麼？

為什麼姊姊會在這兒？

腦中盈滿大量滿出的問號。但我因為看到姊姊的身影，而注意到泫然欲泣的自己。這是因為放心。因極度放心而泫然欲泣。

姊姊在這兒。

姊姊趕來了。

前來救我。

這時，那發出呻吟的人影踉踉蹌蹌地站起身，拖著步伐走向後院的出口。

他要逃走。會被他逃脫。

我當然想追向前去。

為了往前邁步，我抬起腳踩向地面，但膝蓋卻就此癱軟。咦？正當我感到納悶時，視野忽然往下滑落。一屁股跌坐地上。這已是今天的第二次。我大吃一驚，想站起身，但雙腿使不上力。

那個人的背影逐漸遠去，之前也發生過同樣的事，就是我被刺傷的時候。當時我朝他的背影大叫「我一定會宰了你」，但這次又讓他給逃了。

我再次試著站起，但兩腳無力，我這才明白自己腿軟。

姊。

姊，快幫我抓住那個人。

我將來到嘴邊的話又嚥了回去。

因為姊姊一直靜靜注視著我。她眼中只有我。

在陽光下，姊姊佇立於草地上，頭髮隨風飄揚，背後是威儀十足的圖書館，她看起來就像外國的公主，或是綠色精靈。裙襬膨起的綠色連身洋裝，她穿起來特別好看。

姊姊雙手纖細的手指摀嘴，注視著我。她面無表情，但我知道在她那美麗的頭形底下，腦袋正忙碌地轉個不停。

我們凝望了數秒之久。那個犯人要逃走了。我腦中閃過這個念頭，但我無法移開目光。接著我發現，姊姊注視的不是我，而是我的手。

「里奈……妳手上拿的是什麼？」

我右手握著電擊槍。

左手握著刀子。

OH, MY GOD!

「不，姊，妳別誤會，這是犯人的東西。我才不會隨身攜帶這麼危險的東西呢！」

我晃動左手的刀子，向她出示。我這才看清楚那把刀，是一把雙面刃的蝴蝶刀。刀身長十五公分，刀身和握柄都是銀色，相當漂亮的設計。我的腰就是這把刀割傷的嗎？

但姊姊卻皺眉注視著我的右手。

電擊槍。嗯，說得也是。

「啊，這是我的。沒錯，就是之前買的那把。當然是拿來護身用。」

「剛才那是……」

姊姊轉頭望向犯人跑走的方向，此時當然已看不到人影。

「我認為他就是犯人，應該就是他了。」

又讓他給逃了。

「雖然沒看到長相，但他穿著一身灰色的連帽衣，應該和之前襲擊我的時候穿的衣服一樣。感覺體格也很相近，還有聲音。」

說到這裡，我停頓片刻。因為姊姊又開始瞪視著我。這次是以晦暗的眼神。

我和顏悅色地回以一笑。

「我剛才很危險耶。身陷危機，真的差點就被殺了。好在有妳趕來，謝天謝地。不過，妳怎麼會來呢？為什麼妳知道我在這兒？」

「是凜聯絡我的，她說妳沒去學校。」

凜是誰啊?我想了一會兒,這才想起是立川的名字。

「立川,好樣的。」

「昨天不是才和刑警談過嗎?她說又有隨機砍人的案件發生,這次是發生在這座圖書館。我猜妳搞不好會跑來這裡,所以前來查看,結果聽到像尖叫般的聲音……」

「哦。」

對了,我剛才一直大聲叫喊,真丟人。難道聲音傳進圖書館裡?要是聚集人群圍觀,那我可就丟臉丟到家了。

「總之,先離開這裡吧。這裡好像禁止進入,我們先走吧。不過我不知道站不站得起來。」

姊姊喘息著朝我走近,用力一把抓起我的手臂,扶我站起來。我從她的力道和粗魯的動作中,感覺到她對我的強烈不滿,但我還是刻意開朗地對她說了聲謝謝。

雖然覺得雙腳仍不太聽使喚,但走路似乎已不成問題。我回到掉在拱門內的包包旁，將蝴蝶刀折好，連同電擊槍一起收進包包內。

我甫一轉頭，原本盯著我瞧的姊姊馬上轉身，快步離去。我也默默跟在她身後。

姊姊的車是很醒目的黃色。就像《變形金剛》裡的雪佛蘭大黃蜂一樣，帥氣十足。雖然只是一輛小型車。

姊姊粗魯地打開車門，粗魯地坐上車，粗魯地關上門。我輕輕坐上前座。這裡是圖書館的停車場，車子完全斜停。

「對不起，讓妳擔心了。」

我以討好的聲音說道，但這是我的由衷之言。我真的覺得很過意不去。

「擔心……」

姊姊一面發動引擎，一面低聲說道。接著雙手握向方向盤，挺直腰桿，長嘆一聲。

「剛才那把刀。」

「嗯。」

「真的是犯人的嗎？」
「當然，這還用說。」
我笑著應道。姊姊又嘆了口氣。
「是犯人掉落的嗎？」
「沒錯。我們發生扭打，然後他就掉了。」
「那得送交警方才行。」
「咦？」
這提議雖然令人意外，但也算是理所當然，我倍感焦急。
「不不不，話雖是這麼說沒錯，但我摸過這把刀，上頭要是驗出我的指紋可就糟了。而且我也不想讓警方知道我在那裡出現過，姊，這件事就算了吧。沒必要專程送去。我會跟久世刑警聯絡一聲，就是昨天那位美女刑警。」
「里奈。」
姊姊低聲道。她沉默了一會兒，接著又開口：
「姊姊沒辦法相信妳。」

姊姊繫上安全帶，放下保險桿，車子緩緩往前駛出。我也繫上安全帶，抬眼偷瞄姊姊。同樣沉默。車子駛出停車場後往左轉，一旁的圖書館灰色建築漸漸遠去。姊姊開車並沒因此心浮氣躁。

她不發一語地開了一會兒，本以為她要開往警局。

姊姊說她沒辦法相信我。她這麼說，到底是根據哪一點？

如果她相信刀子是犯人的，她應該會希望將刀子送交警局，請他們早日逮捕犯人。有指紋和流通管道，兇器能成為絕佳的情報來源。對姊姊來說，這件事的解決方式就是逮捕犯人。除此之外別無他法。但我不一樣，我可不想讓警方搶先一步。這種可以幫助警方辦案的物證，我才不想交出去。我心中逐漸對剛才讓犯人逃脫的事感到懊悔。

那可是千載難逢的機會啊。我手中有武器，而且犯人雙手貼地。那種情況下，我想怎樣都行。明明就可以任我宰割啊。

我失敗的原因就只有一個，那就是我腿軟。

真是顏面無光。眼看完美的勝利就在眼前，我怎麼偏偏在那時候腿軟呢？

車子來到熟悉的道路，是從車站通往我家那條住宅街的大路。咦？難道姊姊打算回家？不順道去警局嗎？

「里奈，妳可能誤會了。」

在路面寬闊的十字路口，不巧遇上紅燈而停下時，姊姊突然打破沉默。

「姊姊最擔心，同時也最害怕的，並不是妳遭遇危險。」

她的聲音既沒特別冰冷，也沒特別激烈，是姊姊平時那略帶鼻音的柔聲。但聽在我耳中，仍感覺到帶有一絲不自然的可怕感。坐在座位上的我全身僵硬。

「姊姊真的擔心的，是妳殺了別人，成了加害者，而被警方逮捕。真那樣的話可就麻煩了。」

姊姊手移開方向盤，整個人靠向椅背。有股放鬆的氣氛。

唾液開始在我口中堆積。

「我想過祥和的日子。我說的不誇張，這是我今後想過的人生。我不想成為加害者的姊姊。我知道妳有點病態，也知道妳現在正值反抗媽媽的年紀，但今天妳真的做得太過火了。」

姊姊滔滔不絕地說著。我連吞嚥口水的機會都沒有，她一直說個沒完。

「所以，與其妳傷害別人，淪為罪犯，那我寧可妳被人殺了。我寧可當被害人的姊姊。當然會覺得很悲傷，但以我的個性來說，這樣反而還比較好。」

交通號誌由紅轉綠，車子平順地往前駛出。

「所以嘍，妳別再做傻事了。如果妳做不到，那可以請妳以不會給人添麻煩的方式結束自己生命嗎？這是姊姊希望妳做的事。」

19

當我從床上醒來時，一點都不覺得心情低落，或許是因為作夢的緣故。詳細內容我已記不得了，只知道作了一個幸福洋溢的夢。媽媽好像也出現在夢中。我最喜歡的媽媽。對我這女兒百般疼愛的媽媽。

頭腦逐漸清醒後，想起昨晚睡前的心情，美夢的餘韻瞬間消失無蹤。我前額抵向枕頭，整個人昏沉沉。所謂的宿醉大概就是這種感覺吧。

昨晚從圖書館搭姊姊的大黃蜂返家後，我們完全沒交談。姊姊直接回大學上課，而我實在提不起勁重回學校，索性關在房間裡，在死亡金屬音樂的陪伴下，一直待到傍晚。

媽媽和爸爸返家，我們相安無事地吃晚餐。姊姊和同好們一起參加喝酒聚會去了。我馬上泡完澡，鑽進被窩。帶著低落的情緒。

我伸手拿手機，望向上頭的時間。早上九點。

我爬著坐起身。我該走了。今天是星期六，吉野教授教課的日子。

我洗好臉，換好衣服。和昨天一樣，丹寧裙、長襪、條紋襯衫，走大學生風格。

我來到客廳，看到姊姊。她坐在餐桌上喝咖啡。ＯＫ，這早在我預料之中。

我以開朗的聲音問候。

「早安，姊。」

我不等她回覆，也沒看她，直接衝進廚房。我切開法國長棍麵包，配起司啃了起來。最後又喝了一杯柳橙汁，回到客廳發現媽媽也在。

「早啊，里奈。啊，妳要出去啊？」

「嗯，我出去一下，中午就不回來吃了。啊，也許晚上也會比較晚回來，到時候我會打電話聯絡。」

我啟動由香模式的開朗，如此說道。

「好。妳要去哪兒？」

「呵呵！這是秘密。」

我感覺到姊姊轉頭望向我。我背起昨天那個包包，轉身面向姊姊。

「那我出門嘍，晚點見，姊。」

如果可以，我甚至想朝她送個秋波，但這方面我練習不夠，我擅長的是暗啐罵人。目前就先別做吧。

我踩著輕盈的步履走出玄關。邊走邊想，不知姊姊會怎樣看待我剛才的態度。她應該會明白，我還沒放棄報仇。

昨天姊姊說的話，像針扎般頻頻刺痛我的心。我一直以為姊姊很愛我，就像我愛她一樣。以為她和媽媽不同，是真心疼愛我。我大為震驚。沒想到她竟然希望我去死。

不過，如果是這樣的話，那一切都無所謂了。

既然這是希望我死的人所說的話，那我不會放在心上。就算她對我說「在給我添麻煩之前快死吧」，但還是很抱歉，恕難從命。我並不想死，也不想停止復仇。姊姊所說的真心話，我絲毫不受影響，看我這樣的態度，姊姊氣死最好。妳這個笨姊姊。

我一定是受到不小的震撼，才鬧彆扭，自暴自棄。包包裡的電擊槍和刀子，益發煽動我這樣的情緒。

不過還是覺得很遺憾，我仍舊希望姊姊能愛我。

我很希望姊姊和我是同一隊。因為爸爸算是外野手。在場上的三人當中，我可不想以一敵二。

我繞過玄關，來到家裡的庭院。

那裡有喜歡園藝的爸爸用心栽種的花草，庭院裡擺有自己ＤＩＹ做的長椅，角落處是一座拼裝建造的倉庫。

倉庫旁的繡球花底下，有咪娜的墓。

我站在墓前，俯視那用來代替墓碑的玻璃製檔案紙夾。

前年秋天，咪娜因惡性腫瘤過世。當時牠十二歲，若說是壽終正寢也說得過去。最後牠靠著媽媽睡著，從此沒再醒來。

自從被詩織那個臭小鬼折斷腳後，牠便成了一隻膽小的貓，不會主動親近外人。

沒錯，從那時候起，咪娜就不再親近外人，同時也不知為何，在家人當中牠唯獨不肯靠近我。

我苦思過這當中的原因，也曾懷疑是因為我替牠報仇的緣故。

懷疑牠是因為我將詩織推落樓梯，覺得我是個可怕的人，而對我感到畏怯。還是因為我明明不信宗教，卻參考什麼漢摩拉比法典，沒殺了詩織，卻用那種半吊子的復仇手段，就這麼算了，所以牠生我的氣？

其實我心裡明白，和這些事根本無關。

人和動物之間一定也有投不投緣的問題，我和咪娜單純只是不投緣。我被提高戒心的咪娜拒於門外，僅只如此。

復仇完全是我個人的自發行為，對咪娜一定沒有任何影響。復仇就是這麼回事。那也無所謂。

焦躁、憤怒、悲傷、對復仇的狂熱。感到不安的我，就藏身在這些強烈的情感漩渦中。但我並未仔細檢視這股不安的真正原因，便從咪娜的墓前離去。

我坐上公車，約一個小時後，我來到大學的正門前。

遠遠就可望見紅瓦建築。右手邊是整排的白樺樹，左手邊是幾乎可以容納兩座高中操場的遼闊草地。我緩步在明亮的灰色柏油路上。

沿途的長椅上不時可以看見有人打開便當享用，也有人直接躺在草地上，談笑風生。中午的太陽炎熱，人潮都往陰涼處擠。我站在交通指引板前，確認我在網頁上所看的教室位置。文化人類學系的課堂，位於一樓的大教室，似乎是更裡面的一棟最大的紅瓦建築。我走在沿著校舍外圍的露臺上，享受這段時光。涼風和草木的氣味讓人心情好轉。

教室呈現出超乎預期的熱鬧景象。現場聚集的幾乎都是中老年人，他們可能是因為講座而變得熟識，個個聊得很熱絡。我猶豫了一會兒後，決定留下來聽課。裡頭稱得上年輕人的，除了我之外，只有一名像粉領族的女性，會顯得突兀顯眼是免不了的事。不過，反正我待會兒也有話要問吉野教授。這樣總比在外頭閒晃而引人側目來得強。我坐在教室最後面角落的位子，攤開我帶來的筆記本做做樣子。

不久，吉野教授現身，跟兩年前見面時完全沒變。或許那個年齡的男人都不會有太大的變化。不過和那個時候也太相像了吧。

大大的玳瑁眼鏡，旁分的烏黑直髮，就連身上穿的衣服，搞不好也是同一件。吉野教授以優閒的姿態走進教室後，轉身環視聽眾所坐的座位。當他與我四目交接時，他的目光停頓了片刻。他還記得我嗎？不過，吉野教授並未露出特別的反應，很自然地別開目光。

在麥克風的刺耳聲響中，課程開始。

主題是中世紀的科學與魔術，還有活祭品。光聽這樣的主題，我一頭霧水。如果是連聽眾也得具備專業知識的深奧內容，那該怎麼辦？原本有點擔心，所幸這堂課一直都在詼諧、放鬆的氣氛下進行。不同於授予學分的一般學科，這門講座在吉野教授的專業領域中，似乎是偏向興趣領域的內容。吉野教授自由發揮，開心地授課，並不時回答學生的舉手發問。

我很認真聽課，努力地追上吉野教授那不受主題束縛、脫離主軸、跳躍式的授課內容。可能比教室裡的任何一個人都還要認真。我一直在等，或許說著說著，他便會提到艾利基沙、尼古拉·弗拉梅爾、賢者之石。

「好了，剛才我提到的，主要是宗教世界的小故事。說到活祭品這個可怕的名詞，大家腦中浮現的應該是黑魔術或惡魔崇拜對吧。不過，這當中與信仰的含義又有些不同，背後有一段很深的歷史，算是為了科學，而需要許多犧牲者。說到比較有名的，像巴托里伯爵夫人，大家應該都聽過吧？」

「她是匈牙利的大貴族，聽說為了保有美麗的肌膚，殺害了數百名年輕女孩。為了返老還童而和惡魔交易，是常有的事，但她卻是直接將女孩們的血塗抹在自己的肌膚上。期待這樣能發揮美容液的功效。雖然不清楚是她認為血液的成分具有科學的功效，或者這是一種魔法，不過自古以來，在全世界的各種文化圈裡都認為處女的血具有某種力量，上個月聽過課的人應該記憶猶新吧。我還談到了賢者之石的材料對吧。不只是鮮血，認為處女具有某種力量的想法，現在依舊存在，尼泊爾至今仍保有以年幼的女孩當活女神信奉的文化……」

我當然全聽得一清二楚。

「教授。」

在我的叫喚下，吉野教授抬起他那顯得有點沉重的頭來。

在看清楚我之後，教授停下手中抄寫的動作，往他的玳瑁眼鏡輕輕一托。

「哦，是妳啊。我的課怎樣啊？」

「嗯，非常有趣。」

「太好了。像妳這樣的年輕人還真少見呢，妳是我的學生嗎？」

「啊，不，我不是。」

「這樣啊，妳還真有求知精神。」

教授開心地笑著，和兩年前他向我誇讚媽媽時同樣的笑臉。

「妳姓什麼？」

「呃……我姓立川。」

教授果然不認得我，畢竟他每天看那麼多學生，也許他無法一一記住年輕學生的長相。這樣對我來說正好。原本為了不讓媽媽知道我今天來訪的事，要請他封口，但看來是沒那個必要了。

「教授，關於今天上的課，我有些事想請教您。」
「好啊，妳想問什麼？」
吉野教授以和善的笑臉問道。
我瞄了一下四周。課程結束，大門敞開的教室裡，還留有一些人。聚在一起聊天的那一群人裡頭，有人已開始吃起了午餐。看來沒安排下一堂課的教室是自由開放的。
我悄聲問道：
「您剛才在課堂上提到賢者之石對吧。」
「哦……賢者之石是吧。」
我感覺到有多道視線因教授的大聲回答而往這裡匯聚。
「沒錯，我很喜歡鍊金術。事實上，我甚至還自稱是鍊金術士呢。」
「那是……」
「妳也對鍊金術感興趣嗎？不過我還不到足以收徒弟的程度。」
「不。」

「對了，如果是要問賢者之石的事，真希望上次的課妳也聽過。接連上了兩次課。不過，要是老上那一類的內容，會覺得有點怪對吧？」

「可是……」

「不，其實是很正經的內容呢。因為我參考了可靠的歷史文獻，並加入新的觀點，展開研究。」

「教授。」

我看準教授喘息的空檔，好不容易插話提問。

「您是自己一個人研究嗎？還是說，有學生協助？」

「怎麼可能有，學系裡的學生對這種事一點都不感興趣。鍊金術士、賢者之石，聽起來感覺很超自然對吧？大家都說，要是以此當畢業論文題目，對日後求職會有不良影響。最近的年輕人很看重這個。說到賢者之石，是電玩或卡通裡常出現的道具對吧。對了，像《哈利波特》裡頭也提到過。」

「這麼說來……」

「啊，不過上次有位看起來比妳還小的年輕人，很認真地跑來聽課。就像妳一樣，上完課後也來向我提問。他今天沒來對吧？哎呀，我就是記不住別人的長相，雖然記別人名字很拿手。嗯，那名男生沒來對吧？」

男生。

年輕的男生。

「就是這個。」

面對這突如其來的轉換話題，我不由自主地叫出聲，而且還破音。

「他是個怎樣的男生？」

如果說這是第六感，那才真的感覺很超自然。但我的直覺為之顫動，我後頸的寒毛直豎。

「怎樣的男生是吧？就很一般的現今年輕人啊。」

「他問您什麼問題？有沒有問您艾利基沙？」

「嗯，他問過。」

教授神色自若地應道。

「還問到賢者之石的材料。因為眾說紛紜，所以製作相當困難，不過主要大概是水銀、硫磺之類的。還有鹽、純水……對了，我在今天的課堂上也提到過，還需要處女的鮮血。」

就在這一刻，我腦中靈光一閃。

原本只是一個一個小點的情報，現在已手牽手串聯在一起。那道光令我為之暈眩。所以吉野教授接下來說的話，我完全以恍惚的狀態聆聽。

「那孩子有點古怪，我記得他好像姓篠田。」

20

我是處女。

這種事並不重要。真的不重要。

有沒有性經驗，與有沒有瀕死體驗、殺人經驗相比，根本就微不足道。頂多就像有高空彈跳的經驗或割腕的經驗一樣罷了。

但我卻對周遭人說謊。

如果你問我，是為了面子嗎？沒錯，但也不全然是如此，才不是為了那無謂的面子問題，不過這種事一點都不重要。

重要的是，大家都相信我不是處女。也就是說，由香、葵、立川、其他女生以及男生，大家都相信我「有經驗」。當然了，我並沒有高調地四處宣傳，但這方面的消息，總是很確實地慢慢散播開來，成為我們這個群體內的共識。因為在進高中就讀時，我便一直佯裝自己是青春期的「先驅者」。

而知道真相的，只有一個人。

所以當吉野教授道出篠田這個姓氏時，我便已察覺此事。

篠田。

有人對製造艾利基沙感興趣。

處女的鮮血可以當艾利基沙材料的這項超自然傳聞，那傢伙竟然當真。開始蒐集材料，襲擊適合當「材料」的人。知道我符合條件的人，就只有篠田。

我嘆了口氣。聽完教授說的話後，我心臟狂跳，久久無法平復。就像為愛煩心一樣。

我在車站內的咖啡廳等候公車。

與教授道別後，我在大學的福利社裡買了麵包，在校園內用餐，之後返回車站，順道去了一些地方做確認，轉眼已是黃昏時分。接著我看時刻表，確認抵達目的地的時間，得知一小時只有一班的公車剛好錯過。因為星期六班次比較少。

我找了一家覺得舒服的咖啡廳，一面喝熱可可，一面思考接下來該採取的行動。

靈光一閃的第六感，突然浮現的想法，在腦中逐漸轉為肯定。我找出犯人了，再來只要查出對方的目的即可。

現在我處於被害狀態。

遭受不合理的暴力，右腰還帶著傷。被迫接受諸多不便，夜晚走在路上聽音樂時，會感到不安。這令我很不爽，不可饒恕。

肉體的傷無法撫平，時間同樣無法倒回。但要是像這樣一直活在這種被害狀態下，我一定會變得很扭曲。我有辦法愛變得扭曲的自己嗎？連我都不愛我自己，這我實在無法忍受。

我必須讓自己感到暢快。

我舌頭承接著溫熱的可可。

心臟噗通噗通直跳，令我感到煩躁。雖然很像為愛煩心，但當然不是這麼回事。是緊張？還是興奮激昂？

我回想過去做過的各種復仇行動。過去有過這樣的情形嗎？

咪娜當時的事我已記不得了。感覺好像心情很平靜，但這個記憶也不確定是否屬實。

以前把刻意整我，沒把我瞧在眼裡的同學痛毆一頓，把亂摸我的那名變態手指折斷時，因為是突發事件，來不及緊張。就像開關啟動，ＧＯ，這樣的感覺。

以前有位中年國文老師，不懷好意地欺負班上一名懦弱的男生，令我看了覺得很不是滋味，因而對他展開報仇，當時我花了很長的時間準備。網路訂購的電擊槍送到家中時，我一面看說明書，一面和姊姊興奮地歡呼。也不記得當時有緊張的感覺。反而還覺得滿心雀躍。

為什麼現在會覺得緊張呢？

我害怕。我心裡感到害怕。

手機在發光。它就擺在桌面上的可可旁。螢幕上出現「姊姊」這兩個字，我頓時心頭一陣緊縮。面對那低聲震動的手機，我無法動彈。我緊盯著螢幕，等候文字消失。不久，手機的震動停止，我朝那杯可可伸手。正當我喝了一口細細品味時，這次改為傳來郵件。我戰戰兢兢地伸手拿起手機。寄件者果然是姊姊。

——里奈，妳在哪兒？

理解這字面上的含義後，我幾乎反射性地打上「秘密」這行字。正準備按下傳送時，我陡然停住。我將它刪除，重新打上文字。

——我在車站。

望著自己傳送的簡短訊息，我等候姊姊回覆，同時在心中猜想，姊姊現在在想什麼呢？我望向螢幕右上方顯示的時間。分鐘的顯示又多走了一格，過了一會兒，傳來回信。

——晚上前會回家嗎？

——不會。

這次我直接打上腦中想到的回覆。不等她回信，我又接著往下寫。

——我知道犯人是誰了。我這就過去。

——去報仇。

時間的顯示又往前進了一格。

公車就快來了。我拿著剩一半可可的杯子，起身離席。

我在公車內聽音樂。

此刻我不想聽到日語，不過我想聽聽人的聲音。我因Pineforest Crunch[3]的〈芭比〉（Barbie）而停下頻頻換曲的手指動作，一再反覆聽這首曲子。

Åsa Eklund那宛如精靈般的高亢嗓音，在我眼皮內浮現一抹藍，好孤寂的旋律。我覺得自己的腦袋已略微冷卻。芭比感到孤獨。

窗外轉為藍色與粉紅色的顏色漸層，從大樓間的縫隙不時可以望見下沉的夕陽。眼球表面隱隱感到溫熱。

原本擔心我會不會已經忘了該在哪一站下車，但看來是多慮了。當公車駛向「那個」公車站牌時，我毫不遲疑地按下下車鈕。

我還清楚記得這條路。左手邊有一座小兒童公園。我直直走，在一處大十字路口左轉，來到下一條小路後右轉。

我一面走，一面取出收進包包裡的手機。有兩通未接電話，都是姊姊打來的。還有一封郵件。

——里奈，快點回來。

我一時間差點哭了出來，但我沒哭。雖然隱隱有股想哭的衝動，但因為微乎其微，很快就煙消雲散。我猶豫了一會兒後，停下腳步回信。

——我到篠田家了。

傳送。接著繼續輸入文字。

——姊，之前妳說的話或許是對的。我現在覺得有點可怕，要是我真的殺了他該怎麼辦。我不想淪為罪犯。但我要為我受到的傷害報復，如果沒殺了對方，我覺得根本無法扯平。這股怒氣難消，我沒辦法感到暢快。這樣下去不行，我無法這樣扭曲地活下去。我這樣或許算是強迫症吧。

我照著自己的想法輸入文字。分不清這是我的真心話，還是寫給姊姊看的假

3. 瑞典一個音樂團體，女主唱名叫 Åsa Eklund。

話。不過這或許是我的真心話吧。打成文字後，愈來愈有這種感覺。我的不安轉為對犯罪的不安？

我打了一長串的文字，最後還是沒送出，將手機收進包包裡。取而代之的，是拿出電擊槍。我將它插在褲子後方的口袋，再度邁步前行。

篠田家就在眼前。雖然只來過三次，但打從我在巷弄右手邊看到這棟屋子的那一刻起，便有一股懷念之情湧上心頭。

太陽已完全沒入山頭，四周籠罩在藏青色的暗影下，從櫛比鱗次的住家透射出橘色燈光。篠田家顯得比周遭還要陰暗。

我在路上停步，環視他們家的全貌。

這是很普通的雙層樓房。沒設大門，一座只有四階的低矮樓梯，直接從馬路連往住家玄關。屋子外圍的樹籬高矮參差不齊，遮掩了後門。

一樓完全沒亮燈。抬頭一看，有一扇窗透著亮光。我記住那個房間的位置。

有人在，就在那兒。

我深吸一口氣，肺裡盈滿沁涼的空氣。我就像在潛水一樣，屏住呼吸，走上篠田家的樓梯。伸手搭向玄關門，緩緩轉動門把。門把只轉動約兩公分，接著發出咔嚓聲，然後停住。裡頭上鎖。

剛才這聲音傳到二樓了嗎？我豎耳細聽，沒感覺到任何動靜。我謹慎地讓門把恢復原狀，極力不發出聲音，將憋在胸中的空氣呼出。

我回想之前造訪這裡時的情形。四月的一次放學後，篠田買了一款剛上市的驚悚電玩遊戲，帶我到家裡玩。當時玄關門同樣上鎖。

看來我媽還沒回家，篠田如此說道。當時篠田的母親在附近一家超市的鮮魚專區當兼職員工。她現在仍在住院嗎？篠田的母親到底得了什麼病？是生病還是受傷？

當時篠田走的路，我照著重走一遍。先從玄關繞往左手邊，在前往庭院的半途，有一條外接水管。而在水龍頭後方，就掛著備用鑰匙。

我在那裡找到鑰匙，拿起它時，我心中的不安陡然升起。

非法入侵。

我這是在做什麼？

根本是瘋了，這樣太怪了，我這樣太危險了吧——這是慌亂的我。怎麼現在才說這種話，妳從以前就一直是這樣不是嗎，別管那麼多，快點放手去做吧——這是拿定主意的我。

哦，原來這就是所謂的進退兩難啊——這是一副事不關己的我。啊，我這樣會被姊姊嫌棄——這是仍站在原地無法動彈的我。

我不知道該以哪個自己為主，微帶慌亂地回到玄關。

算了，像這種情況，通常都會很順利——我決定採用正向的我。我喜歡這樣的自己。

這是為了我最喜歡的自己所展開的復仇。只有放手去做了。

我把鑰匙插進門內，毫無顧忌地轉動門把。咔嚓一聲，發出響亮的金屬聲。我打開門。沒必要查探二樓的動靜，對方應該已聽到所有聲響。現在已無法回頭了。

我穿著鞋直接走進玄關，朝通往二樓的樓梯而去。

就算我記得脫鞋，腳步聲一樣會洩漏我是個入侵者。如果是家人的腳步聲，應該聽得出來。媽媽、爸爸、姊姊、咪娜。

犯人就在裡頭，而且已察覺有外人走上樓梯，往房間逼近。樓梯和走廊都一片昏暗，走廊盡頭的房間透出的亮光，感覺無比危險。走廊中間的左手邊有一扇門。以前我就在那個房間和篠田一起玩最新的驚悚電玩遊戲。純潔的交往，祥和的時光。但現在那些都沒有用。

我從口袋拿出那把電擊槍，握在左手中。右手握住正面的門把，一口氣往後拉。亮光滿溢而出。我瞇起眼睛，迅速移動視線。房間最深處的床上，篠田的弟弟就在那兒。

21

篠田的弟弟跪在床邊，立起單膝，右手捧著垃圾桶，不知是拿它當武器還是防具。或許他手邊只有這個東西，因為昨天我奪走了他的刀子。

「妳幹什麼！」

篠田的弟弟大叫。那是獵物所發出的叫聲。面對無預警出現的我，他會如此放聲大叫，那表示他很清楚現在是什麼情況。

篠田的弟弟下半身穿著一件藍色運動褲，上身則是灰色的鬆垮T恤，一派輕鬆的家居打扮。我轉動眼珠觀察房內的情況。再普通不過的男生房間。床鋪配書桌，牆上貼著最新的蜘蛛人海報，鋁製層架上擺著塑料模型，地板上散落一地的漫畫書。

但我從那再普通不過的房間裡，發現一處有點怪異的空間。床鋪另一側的牆壁，有個小書架和矮桌。上頭擺著顏色和形狀都不相同的小瓶子，還有燒杯和滴管。全是在學校理科教室才見得到的實驗器具。一旁擺著一本厚厚的書，黑色封面上清楚地畫著金色的五芒星。這五芒星是魔法的象徵，我才剛從吉野教授的課堂上學到。

一個小小的魔法空間。那滑稽的程度，已超越吃驚，我甚至感到自己嘴角輕揚。

我心想，為了這樣的東西，而被迫嘗到這種痛苦的人，如果不是我的話……雖然這樣的假設不具任何意義。

「妳要……」

篠田的弟弟再次出聲大叫，但被啪嚓啪嚓的聲響打斷。我一面按下電擊槍的開關，一面想著我包包裡的刀子。以刺傷我的刀子回刺他同樣的部位，以此做為復仇的第一步，這麼做更好吧？

「是你刺傷我對吧？」

為了謹慎起見，我還是做最後的確認。

「吵死了！」

「為了艾利基沙，你四處蒐集鮮血對吧？」

「少囉嗦！快滾出去！」

篠田的弟弟呼吸變得急促。當我開始注意時，似乎連我也跟著變得呼吸困難。我小心不空出退路，朝他的魔法空間走近。

「放在這裡的，是我們的血嗎？」

我拿起附近的一個瓶子。在那設有防曬加工處理的褐色瓶子內，裝有一半的透明液體。艾利基沙的材料。他在用血培養嗎？吉野教授另外還說了什麼？水銀？純水？

「不要碰！」

篠田的弟弟以顫抖的聲音說道。音調很不穩定。啊，對了，這偏高的怪異聲音，他正在變聲嗎？

我將手中的瓶子丟向篠田的弟弟。

哇——他發出一聲怪叫，避開瓶子。難道這是什麼強效藥物？砸中牆面而打開瓶口的瓶子，在床上留下透明的水漬。我又拿起另一瓶，這次是綠色。

「你都專挑處女下手對吧。」

我打開瓶蓋往內窺望，這也是透明的液體。

「我的事，你是從篠田那裡聽來的對吧。你們兩兄弟談論這個話題，你們男生就是這麼低級。佐久間美月討厭男生，在你那所國中是出了名的。另外一個女生叫什麼來著，因為她長得醜是嗎？真過分。」

我將液體撒在地板上，小心不讓自己沾到。從地板上升起一股酒精般的氣味來。

「住手！」

篠田的弟弟挺起身。他的右腳從床上移向地面，所以我再次以電擊槍加以牽制。要是藥品引火燃燒怎麼辦？到時爆炸可不好笑。

「雖然我也覺得篠田很可疑。啊，我指的是你哥。不過他有不在場證明。剛才我去篠田的打工處確認過，我遇襲的那天，他一如平時到店裡炸薯條。而且再怎麼說，篠田也是高二生，不可能會把魔法的事當真。」

篠田不是那種人。

不過，如果是他就讀國中的弟弟，可就難說了。
「你真的相信有艾利基沙嗎？」
我向蜷縮在床上的篠田弟弟問道。
「處女的血會有魔法的功效？怎麼可能有這種事？血就是血。跟一般大叔的血沒有兩樣。你在課堂上學過血液的成分吧？你以為用一般人的體液做得出魔法石嗎？」
「做得出來！」
篠田弟弟大喊。這次是出奇低沉的聲音，很不穩定。
「只要蒐集一百名處女的血，純水中就會棲宿著魔力。棲宿的魔力在水銀中會變得穩定。書上是這麼寫的。只要能湊齊材料就簡單了。連偉大的大學教授也這麼說！」
一百人？還要再九十七名處女。嘩——
「不過是要點血罷了，有什麼關係！又不是要殺了妳！」
「那你算是承認嘍？犯人就是你，你為了艾利基沙而刺傷我，對吧？」

篠田弟弟雙脣發顫，沉默不語，我視此為默認。ＯＫ，可讓我找著了。比警方還早一步。我將包包放在地上，打開拉鍊。

我取出刀子，篠田弟弟看得雙目圓睜。

「這是你的刀子對吧？」

銀色的刀刃匯聚這間簡陋房間裡的亮光。

「你拿它刺傷我，昨天還想用它殺我。這點我絕對無法饒恕。」

就算想原諒他，我也辦不到。

「我姊姊稱呼我是復仇之子。」

還說我頭腦有問題。

我使勁將那擺滿魔法道具的矮桌踢飛。

實驗器具飛向空中，發出乒乒乓乓的聲響，掉落地面。同時傳來玻璃碎裂的聲音。我朝翻面的桌子又踢了一腳，桌腳的鐵管跨上床鋪。

「快住手！」

我無視於他的叫喊，踩向落地的書本。五芒星的魔法書。或許也需要向這本書的作者報仇。腳下傳來紙張擰破的觸感，感覺我就像是個霸凌者。

篠田弟弟跪向地面，搶救那些沒摔破的瓶子。也許他哭了。不過，就算他哭我也不原諒。

因為我被刺傷了，媽媽一定為我哭過，佐久間美月的媽媽也哭了，那名醜女的媽媽一定也哭了。

不過，別人的眼淚一點都不重要。要是這傢伙也嘗到同樣的苦果，我就會感到暢快。活得暢快，我才能愛我自己。這是最重要的事，其他事我懶得多想。

在地上爬的篠田弟弟，全身滿是破綻。我手握刀子，一股從腹中發出的顫抖，傳向我全身。他右後方的腰部，我得看準那裡才行。

就在這時，篠田弟弟抬起頭來，眼中噙著淚水。那是被霸凌的孩子特有的眼神。那雙眼睛瞪視著我。從他的眼中，我看到強烈的憎恨。為什麼這傢伙會恨我？

「妳不要阻攔我！我要治好我媽的病！」

媽？

「你媽的病？」

篠田住院的母親。

哦，原來如此。

奇蹟之石，艾利基沙。

「只要有艾利基沙，就算是我媽的病也能治好！全世界的疾病其實都治得好，但政府和醫院聯手隱瞞這件事！對一般人見死不救！說什麼無法醫治，根本就騙人！真是不可原諒！所以我才要自己動手做！這樣有什麼不對！」

篠田弟弟話說到一半，突然痛苦地咳了起來，似乎是因為大聲說話，令他尚未變聲完全的嗓子吃不消。

真是胡說八道。

用艾利基沙治病。

才沒這回事呢。

我把這句話嚥了回去。不知為何，我突然想到，這孩子前不久還只是個小學生吧？小學生。當我得知媽媽可能不愛我，而遭受到莫大衝擊，觀念完全被顛覆的那時候。或者是在遭受衝擊之前。

「……妳根本就不重要。不過才一百個人罷了，我才不怕呢。只要可以讓媽媽別死，什麼事我也敢做。只要媽媽能平安回來，怎樣我都無所謂。只要是為了媽媽……」

「我看不是為了媽媽，是為了你自己吧？」

自私。我最清楚了。因為我自己也是個自私鬼。

「你可別搞錯嘍！你這麼做不是為了媽媽，而是為了喜愛媽媽的自己，對吧？」

「我不是說了嗎，怎樣我都無所謂啦！」

篠田弟弟又開始扯開嗓門大吼。我感到傷腦筋，這樣我下不了手。

我最討厭這種一點都不可愛的孩子，而且他說是為了媽媽，不斷在外頭砍人，根本就是個任性胡來、腦袋不靈光、充滿危險想法的戀母控。爛透了。

但對於這樣的他，我卻深有同感。危險的想法、戀母控、自私。許多的共通點，甚至令我產生一種同伴意識。
不過，我還是非報仇不可。為了我自己的自私著想，我不能放過他。
我想起他刺傷我時對我說的話。
這都是為了拉梅爾的艾利基沙。其實我當時將弗拉梅爾的「弗」給聽漏了，
但就含義來說，卻完全吻合。為了媽媽的艾利基沙。為了治好媽媽的病。
要是他沒說那句話，我就不會查出這是篠田的弟弟所為。
真是個傻瓜，當時幹嘛說那句話。
咦，還有。
當時這小子好像還跟我說了些什麼。
以既不穩定又怪異的聲音，對我說了另一句話。
「這都是為了拉梅爾的艾利基沙，抱歉。」
我順著記憶說出這句話，篠田弟弟聽了之後抬眼望著我。
「你當時對我說抱歉對吧？」

篠田弟弟的喉結緩緩滑動。

「你覺得良心不安。雖然這麼想，但還是刺了下去。真厚臉皮，爛透了。雖然嘴巴上說是為了媽媽，卻刺傷女生，要是媽媽知道了該怎麼辦……你心裡這麼想對吧？」

淚水倏然從篠田弟弟的右眼滑落。啊，拜託——他要是真的哭了，我可受不了。戀母控的眼淚我才不想看呢。感覺就像在看鏡中的自己。

篠田弟弟喉中發出夾雜著嗚咽的微細聲音，眼看他就快要放聲大哭了。在這樣的雜音中，他聲如蚊蚋，不知在說些什麼。我不耐煩地說道：

「什麼啦。你講那麼小聲，我聽不到。一直這樣碎碎念，很噁心耶你。大聲一點，把話說清楚。」

「……對不起。」

我嘆了口氣。這深深的嘆息，幾乎都快連同胃酸一起吐了出來。

我視線移向地面，看到幾本散亂的書，發現當中有《哈利波特》系列，這令我更想嘆氣，於是我深吸一口氣，順勢對他說道：

「算了。」

世事有時就是這麼無趣。

22

篠田家門前停著一輛熟悉的車子，我大吃一驚。黑暗中，那輛車背對著對面人家的玄關燈，但它鮮豔的黃色依舊搶眼。坐在駕駛座的姊姊，一見我從玄關走出，馬上打開車門，在車子怠速不熄火的情況下離開車。

她穿著長袖T恤搭牛仔褲，很少看她這樣的打扮。姊站在我面前，開口的第一句話是：

「屍體呢？」

「咦？」

「屍體。犯人。妳殺了他對吧。」

昨天我才發現，當姊姊腦袋急速運作時，會變得只說單字。真有意思。下次再好好調侃她一下。

「我才沒殺人呢。拜託，姊，妳也太大驚小怪了吧。」

「妳沒殺人？」

「妳特地來接我？真高興，我剛好也累了。」

我打開前座車門，自己坐進車內。隔著窗戶往篠田家二樓瞄了一眼。和剛才來的時候沒有兩樣，只有篠田弟弟的房間亮著燈。他現在在做什麼呢？在滿是破碎的瓶子和凌亂書本的房間裡，獨自一人默默哭泣。那一切全被我毀了，接下來他打算怎麼做？

「里奈。」

姊姊從駕駛座的車門外探頭。

「里奈，妳用不著瞞我，我不會罵妳的，妳就跟我實話實說吧。妳對犯人做了什麼？」

「姊。」

「一切交給姊姊處理。」

「呃……」

面對無比認真的姊姊，我該如何回答才好呢，這問題令我陷入思索。

「總之，我們先開車好嗎？要是篠田回來可就尷尬了。」

「篠……」

姊姊為之蹙眉，露出有話想說的神情，但最後她還是不發一語地坐進駕駛座，靜靜地發動車子，平順地前行。姊姊向來都是安全駕駛。

最後我又轉頭朝篠田弟弟房間的窗戶瞄了一眼。

「姊，為什麼妳會知道篠田家的位置？」

穿過複雜的住宅街，順利地駛進大馬路時，我開口問。

「我向凜問來的。我聽妳班上的同學說，凜和篠田當初念同一所國中，所以就查到了。」

「咦，是誰告訴妳的，由香嗎？」

我望著窗外流逝的路燈。

幾分鐘前的緊張和激昂情緒已消退，我變得很平常心。但姊姊就在一旁。想起昨天同樣坐在車內交談的事，我發現自己的身體變得有點緊繃。

「里奈，你沒對篠田報復嗎？」

「咦？哦……」

我只對姊姊說犯人在篠田家，她還不知道犯人是篠田的弟弟。

「對了，姊。不好意思，可以直接開往警局嗎？關於犯人的事，我有話要跟他們說。啊，直接打電話給久世刑警比較快吧？這樣也比較不費事，可以請她到家裡來……」

「里奈。」

姊姊的聲音突然帶有一股急切。

「怎麼了？」

眼前的交通號誌轉為紅燈。姊姊準確地停在停止線上，我感覺到她正望著我，一時為之語塞。

我很清楚姊姊要問什麼。

妳為什麼沒報仇？

怎麼辦？因為對方向我道歉，所以我就原諒他了，要是我這麼說，那將有損我復仇之子的威名。如果說我們同樣是戀母控，志趣相投，那未免也太丟臉了。

「呃……」

我不知視線該往哪兒擺，這時，我發現姊姊握住方向盤的雙手戴著冬天的手套。

為什麼？

我抬起視線，與姊姊目光交會。可能是感受到我心中的疑問，姊姊的目光移向一旁。我順著她的視線，轉頭望向後座。

隔了幾秒，我才明白那裡放的是什麼東西。

一把大鐵鍬和藍色塑膠布。

「咦，這是幹什麼的？」

我與同樣轉頭望的姊姊再度四目交接。她沒說話，但心意已經傳達。

「不會吧。」

我差點笑出來。

「真的假的？妳想棄屍啊？」

姊姊面朝前方。號誌還沒轉為綠燈。

我看到姊姊耳朵微微泛紅，一時忍俊不住，不禁嘴角上揚。

「姊，妳好可怕啊。竟然把我當成這麼可怕的人，我看妳也挺心狠手辣的嘛！」

「還不都是妳。」

姊姊嘛起小嘴。

「我覺得妳自己一個人一定搞不定，所以才想來幫妳。」

「妳不是叫我自己去死嗎？」

昨天我一直憋在心裡沒說的話，現在終於說出口了。

「我才沒叫妳去死呢！我的意思是說，如果妳要淪為罪犯，那還不如去死。」

「還不是一樣的意思，好傷人。」

「才不是呢。變成罪犯是最糟的情況，但我當然也不希望妳死啊。」

說完後，姊姊嫣然一笑。帶點詭異的笑容。

「我認為最重要的事，就是自己能得到幸福。因為我最喜歡自己。里奈妳算是排第二、第三吧。排名很高對吧？不過，妳卻把我的請求當耳邊風。既然這樣，為了同時滿足我自己的幸福，以及妳的復仇欲望，我只好幫妳忙嘍。」

好可怕。平時擺出像公主般的模樣，但腦子裡想的卻是用這樣的大鐵鍬在地上挖洞掩埋屍體，多可怕啊。我愛死了。

「姊，妳不討厭我嗎？」

交通號誌變了，我朝踩下油門的姊姊問道。

「當然不會，我最喜歡妳了。」

我感到無比幸福。

為了自己的幸福著想，姊姊應該也有多次興起想殺了我的念頭，不過，若真是這麼做，還不如幫我一起棄屍還比較輕鬆，所以最後作出這樣的決定。面對她這麼冷血的女人，我卻用這種誘導式詢問的方式讓她說出「最喜歡妳了」這句話，還以此感到滿足，我未免也太膚淺了吧。

這樣算寬容嗎？如此寬容的我，不管有怎樣的強迫症，若說我會為此所困，那可真是天大的笑話。

「姊姊，妳喜歡媽媽嗎？」

我問到禁忌的話題。為什麼這是禁忌呢？我也不清楚，不過，我一直想問，卻都不敢開口。

「可以回答真心話嗎？」

「嗯，可以。」

「最討厭了。想到那個臭老太婆就火大。」

我笑了。我真正笑起來的樣子和爸爸很像，這令我覺得不太舒服，我也有這樣的自覺，但我沒顧忌這點，開懷地大笑。笑完後，我瞪著姊姊。

「喂，妳不要這樣說媽媽壞話。」

「里奈很喜歡媽媽對吧。」

姊姊語帶嘲諷地說道。

「嗯，沒錯。」

在車子的封閉空間裡，我和姊姊兩人說個不停，這讓我覺得我們是一對討人厭的姊妹。

而完美的媽媽有這對討人厭的姊妹當女兒，她肯定也是個討人厭的女人，我們總有一天能打倒媽媽，這讓我更加感到自己無比幸福。

夜漸深，路燈的亮光變得更耀眼了。

等回家後，打通電話給久世刑警吧。

如果說我已查出犯人，她應該會馬上朝我家飛奔而來，所以到時候就把刀子送她當證物吧。至於之前一直沒說出真相的原因，只要用我害怕，或是太忙來搪塞就行了。要是她向我抱怨，就哭給她看。反正就算沒有我提供的線索，警方找上篠田的弟弟，應該也是時間早晚的問題。因為那個笨小鬼實在是傻得可以。

我想到了篠田。

那個曾向我彎腰低頭，請我和他交往的男生。

篠田弟弟一定會被逮捕。這麼一來，篠田就成了罪犯的哥哥。還真是可憐。想到警方上篠田家敲門後會發生的事，就能深切明白姊姊不希望我犯罪的原因。可憐啊。

夠了，別再想篠田的事了。再見了。

接下來想想我自己的事吧。這幾個禮拜以來我所做的事。到頭來，我對復仇所做的努力根本毫無意義。

我探尋自己的內心。

沒有憤怒，也沒有焦躁。

之前感到的不安和焦躁，似乎已融解排出體外。

我暗自冷笑。真沒意思，跟個傻瓜似的。

我胸中的薄霧已散去，此刻愛在我心中深深扎根。那是我對自己的愛，我仍舊深愛我自己。我從中明白，我的努力最後會歸結何處。

將我養育成如此自戀的人，是媽媽。所以我決定把自己的愛當中的一成，當作是媽媽給我的愛。因為我是個戀母控，真是通情達理。

從擋風玻璃仰望夜空，是如此清澈、高遠。如果是從房間看，應該也看得到星星吧。

我可以仰望星辰。覺得自己受傷害的人一定辦不到。

一旁是已經跟我和好的姊姊。回家後，媽媽也在。美麗、善良、完美，表現得很愛我的媽媽。至於外野則有爸爸在。

就算這世上沒有真心愛我的人，我也會愛我自己。

嗯。心情真舒暢。

國家圖書館出版品預行編目資料

奔跑吧！復仇少女／渡邊優著；高詹燦譯 .-- 初版 .
-- 台北市：皇冠，2017.07 面；公分 .--(皇冠叢書；
第 4627 種)(異文；7)
譯自：ラメルノエリキサ
ISBN 978-957-33-3306-7(平裝)

861.57　　　106008945

皇冠叢書第 4627 種
異文｜7

奔跑吧！復仇少女

ラメルノエリキサ

RAMERUNOERIKISA by Yuu Watanabe

First published in Japan in 2016 by SHUEISHA Inc., Tokyo.
Chinese complex characters edition published by arrangement with Shueisha Inc., Tokyo through Japan UNI Agency Inc., Tokyo

作　　者—渡邊優
譯　　者—高詹燦
發 行 人—平雲
出版發行—皇冠文化出版有限公司
台北市敦化北路 120 巷 50 號
電話◎ 02-27168888
郵撥帳號◎ 15261516 號
皇冠出版社(香港)有限公司
香港銅鑼灣道 180 號百樂商業中心
19 字樓 1903 室
電話◎ 2529-1778　傳真◎ 2527-0904
總 編 輯—許婷婷
美術設計—黃鳳君、嚴昱琳
著作完成日期— 2015 年
初版一刷日期— 2017 年 07 月
初版三刷日期— 2021 年 04 月

法律顧問—王惠光律師

讀者服務傳真專線◎ 02-27150507
電腦編號◎ 554007
ISBN ◎ 978-957-33-3306-7
Printed in Taiwan
本書定價◎新台幣 250 元 / 港幣 84 元